中国精神

刘亚茹　著

中信出版集团 | 北京

图书在版编目（CIP）数据

中国精神 / 刘亚茹著 . -- 北京 : 中信出版社，
2019.7（2019.10 重印）
ISBN 978-7-5217-0672-7

I. ①中… II. ①刘… III. ①传记文学 – 中国 – 当代
IV. ① I25

中国版本图书馆 CIP 数据核字 (2019) 第 098878 号

中国精神

著　　者：刘亚茹
出版发行：中信出版集团股份有限公司
（北京市朝阳区惠新东街甲 4 号富盛大厦 2 座　邮编 100029）
承 印 者：北京盛通印刷股份有限公司

开　　本：787mm×1092mm　1/16　　印　　张：15　　字　　数：130 千字
版　　次：2019 年 7 月第 1 版　　印　　次：2019 年 10 月第 3 次印刷
广告经营许可证：京朝工商广字第 8087 号
书　　号：ISBN 978-7-5217-0672-7
定　　价：68.00 元

致敬所有为中国女排拼搏的人，所有为体育事业奋斗的人，所有为梦想努力的人。

女排精神不是赢得冠军，而是有时候明知不会赢，也竭尽全力，是你一路即使走得摇摇晃晃，还依然坚持站起来抖抖身上的尘土，眼中充满坚定。

——郎平

目录

序言

序言一

她用镜头记录历史

陈忠和

二十年的时间并不短暂，足够让一个二十多岁的年轻人进入“五十而知天命”的年纪。而亚茹和我以及中国女排这个集体，恰好相识、相伴了二十多年。

记得我们相识，大概是在1996年亚特兰大奥运会那时候。一个和我属于“同时代人”、自我介绍是来自《中国体育报》的摄影记者的她，总是拿着相机在训练场边、比赛场边拍个不停。那个时候我没有意识到亚茹拍的这些片子有什么意义，除了各大赛登上冠军领奖台的时候，平时的比赛，特别是训练，真的有这么辛苦去“记录”的意义吗？特别是那个时候不像现在，很多照片要事后冲洗出来，底片还要保存好……如今再回忆，亚茹真的不容易，一位女士要大包小包地扛着一大堆的器材，而且要在场边跑来跑去，这强度，不夸张地说，不亚于场上训练和比赛的队员。

现在亚茹采访以及拍摄中国女排已经驾轻就熟了。无论是我做国家队主教练时候的队员冯坤、周苏红、刘亚男等，还是后来的魏秋月、王一梅、薛明，乃至郎平郎导率领下在2015年世界杯、2016年奥运会和2017年大冠军杯再度问鼎“三冠”的惠若琪、朱婷、袁心玥、张常宁她们，见了亚茹的面，都会尊敬地称呼她一声“亚茹”阿姨，在我看来，这不仅仅是对亚茹的一声尊称，而且是女排这个大集体不同时期的队员对她发自内心的尊敬。这些队员每逢参加重大活动，只要亚茹在场，都会见了亚茹的面之后又是拥抱、又是嘻笑地缠着亚茹说：“亚茹阿姨，你帮我们拍呗，因为你拍出来的好看。”她们之间已经不仅是记者与被采访者之间的感情了。

记得 2004 年雅典奥运会女排决赛的时候，一开始我们大比分 0 比 2 落后。那个时候，亚茹除了要拍好比赛的片子，还要惦记着教练席上的人——当时排球运动管理中心的徐利主任，他是亚茹的丈夫，如今回忆起来，颇有些“夫妻同时上战场”那种“血染的风采”的感觉。那场比赛，最终我们赢了，亚茹在给我们拍夺冠后的照片的时候，手都是颤抖的。那一刻，亚茹和我们，真的是一个一起“战斗”的集体。无论是中国女排高光的时刻，还是低谷的时刻，都从未间断。

2016 年，亚茹在采访完里约奥运会与我们相聚，聊到四分之一决赛中国女排大战巴西女排的比赛时，不过是呵呵一笑：“2004 年那么‘惨烈’的场面我都经历过了，并且挺住了，2016 年就不算什么了，特别是中国女排扳回一局的时候，我就相信这场比赛我们有的打，只要迈过了这一关，冠军就八九不离十了。”

我看得出来，亚茹早已经超越了普通记者的境界，而是进入一个“忘我”的境界。

大概是在前两年的夏天，亚茹告诉我，有不止一位朋友“撺掇”她，让她把过去二十多年来采访、拍摄中国女排的片子结集成一部书出版，即一部用镜头记录的关于中国女排的著作。听了之后，我也很为她高兴，如果说用文字记录的作品，还有作者的个人情感在里面，那么亚茹用镜头所记录的历史则是掺不了假的，且是最真实的。如今，亚茹不仅是摄影记者，还是中国摄影家协会的理事，她应该有这样一部著作。

亚茹问我，支持不支持她，并是否愿意为这部著作写篇东西，我当然支持且愿意。不过动笔的时候，我又一次翻看了这些年来亚茹拍好后并送给我的片子，过去二十多年相识相聚的一幕幕，仿佛又展现在眼前。

还是那句话：二十年并不短暂。莫忘初心，方得始终。

序言二

“老朋友”—— 郎平

或许是年纪相近的原因，最早和亚茹打交道的时候就感觉很亲切，这样的情分已经持续了二十多年，现在依旧未曾改变。

1995 年，在我第一次归国担任中国女排主教练的时候，每每带队训练或比赛，都能看见一个国家队“编外人员”，她就是亚茹。有时她在场边随时举着相机拍照，有时作为赛事的官方摄影记者为我们拍集体照，记录着属于她自己镜头前的点点滴滴。

后来我才知道，她从北京体育大学毕业后，在清华大学任教，专业是篮球，但她对排球摄影十分爱好，也不断地研究，除了最经典的排球拦网的对抗外，她也拍摄了不少需要有预判和蹲守的防守动作。有一年，中央电视台体育摄影大赛她获得一等奖的照片，竟然是德国世锦赛体育馆顶棚上俯视拍拦背飞瞬间的抓拍照，画面角度令人震撼。

与亚茹接触得多了，发现她性格开朗、亲和，与教练员和运动员关系融洽，这给她的采访创造了便利条件。我在意大利执教时，《中国体育报》和中央电视台去采访我，其间，亚茹和另一位女记者就住在我家里，后来我们就成了好朋友。女儿小的时候，我们还相约去天坛公园玩，她为我和女儿留下了许多珍贵的瞬间。

2004 年雅典奥运会，我俩一起在雅典见证了那个如今想起来都无比“疯狂”的夜晚。当时，不同的是我坐在演播室里当解说嘉宾，而亚茹则“战斗”在第一线。那场比赛之后，我问亚茹看到中国队夺冠的时候是什么感觉，亚茹告诉我当时她自己完全是“大脑一片空白”，我能体会到这样的感情，她早就超越了普通采访记者的境界。

2013 年 4 月，我回来再次担任国家队主教练。都说“铁打的营盘流水的兵”，当时很多来采访的记者都是陌生的面孔，不过最高兴的是亚茹依旧在。这些年来，无论是高潮还是低谷，亚茹都始终和中国女排这个集体站在一起。

2015 年在名古屋，我们以 3 比 1 的成绩力克东道主日本，再次拿到了世界杯冠军。当亚茹用相机记录下女排历史上的重新崛起，我们能看到她镜头里每个姑娘都光彩耀眼。2016 年，里约奥运会女排八进四比赛，中国队对阵东道主巴西，赢了之后我问亚茹：“你怕不怕？”亚茹的回答则是：“有你在，大家都不怕！”当中国女排从里约奥运会冠军的领奖台上走下来之后，我们再次聊起这次夺冠，亚茹告诉我，她竟有一瞬间忘记按下手中的快门。除了影像资料，那一刻值得所有人用心铭记。

二十多年一晃就过去了，日子匆匆从眼前溜走，但我们的感情依旧在，这可能就是“老朋友”的缘故吧！愿亚茹这部用镜头记录的著作，能留给大家一些足够美好的、属于中国女排这个大集体的特殊历史片段。

自序

我的相机，我的“球场”，我的书

我们的天职，也许是我们的光荣。

——马尔克斯

从2008年我刚有想法整理出版一本书记录中国女排，一直到现在，我还是不确定等到以后再翻看这本书时，会不会怀疑这些自己拍摄下来的影像是不是真的。就像再过些年，当我再看到这本我整理了这么久的书时，我可能会怀疑，我何曾这样深情过……

每当整理着硬盘里拍的中国女排的照片时，我都会仔细翻阅要用的照片，在那一瞬间，我突然发觉，这些女排将士在说起排球这项运动时，是把她们的一切都倾注在那一声长长的“女排精神”里。

我也是。

对我来说，故事应该从1998年世锦赛开始。

当时，我本来还有别的拍摄任务，后来得知需要调过去拍女排姑娘们的素材，跟每个媒体人一样，我跟领导拍着胸脯保证说：“保证完成任务。”是啊，也就是从那一刻开始，纸给我，相机给我，纸短情长，我用这些影像把岁月还你，把对女排的情怀还你。因为我是学体育出身的，最开始对我自己拍的影像并不满意，从人物，从构图，无论从什么角度，我都觉得少了些什么。后来有一次准备拍一些女排姑娘们训练的素材，在准备的间隙，我拿起滚到我脚边的球。说实话，当时我是第一次仔细端详手中的排球，看到白色和蓝色勾勒出的整个轮廓，我才恍然大悟，拍女排，不就是把爱和梦想融进这个球里面吗？可能当时我还没意识到，那个圆滚滚的排球，早就成了我前半生的一部分。

虽然在女排的赛场上拍照不能使用闪光灯，但持续不断的快门声记录着关于这个赛场上的激情，黏附着所有运动员的热爱和梦想。很多人都会问我："你这样拍了二十年，不厌倦吗？"会厌倦吗？我也反过来问我自己。在他们看来，我容易疲倦，这工作这样的单调。可是，《世说新语・品藻》里有这样一句话："我与我周旋久，宁作我！"所以我的答案很明显……

如果有机会，我还是希望大家要现场看看这些女排姑娘的表现，除了看排球技术、基本功和战术，还有就是一定要看看她们的眼神，哪怕很多年后再回忆，都回味无穷，坚定、渴望……好像从这些女排姑娘的眼睛中，就能看完一生。

从 1998 年于日本举办的女排世锦赛到 2018 年，我的相机便始终跟随着中国女排的足迹——每一任教练、每一组阵容到后来的每一场中国女排的比赛。教练上，从郎平、胡进、陈忠和、蔡斌、王宝泉、俞觉敏最后再回到郎平；队长上，从孙玥、吴咏梅、冯坤、周苏红、魏秋月、惠若琪、曾春蕾再到现在的朱婷。无论是教练还是队员，这些人几乎都代表着一个时代，郎平是老女排的代表，是中国女排也是世界女子排坛唯一一个女排三大赛冠军及MVP（最有价值球员）获得者。冯坤则是代表中国女排又一个辉煌的时代，而魏秋月则是代表着那一群深埋在大家记忆里的一代，惠若琪则代表又一个新的辉煌时代，如今朱婷担任中国女排队长，而中国女排的故事还在延续。就像有一次常宁跟我聊天时说："亚茹阿姨，我都不敢相信，现在在队伍里，我都是老队员了，危机感特别强。您说，这当年像秋月姐、坤姐她们都是怎么过来的啊？"我回答她说："小宝儿，那你准备好了吗？"张常宁从我身边起身，眼神坚定地看着我，没说话，只是重新把护具紧了紧，又朝我笑了笑，拍着护具就朝训练场上走去。怎么说呢？那笑容好像收起初春晒在阳台上的被子时闻到的阳光味儿，不烫，不耀眼，但它把这些年的"女排精神"变得璀璨又动人。这就是中国女排，是一支队伍，是一种精神，更是一代代的传承。正是在这样一次次的新老交替中，中国女排完成了“女排精神”的传承。而这种传承，是无形的。

此刻看着硬盘里我拍摄的诸多照片，我想，等我拿不动照相机的那一天，让我真正怀念，那甘愿奋不顾身再来一次的，除了这么多年的热爱，可能是当时不以为然的人和事，甚至几乎无法忍受的一切，以后也会在唏嘘中反复怀念吧！在这个习惯失忆和告别的年代，真正能够让我牢记的，却都是和一代代女排人再稀松平常不过的当时。

十年之后又是十年，日子也以女排姑娘们飞速成长的速度飞速流走。但愿当你们卸下所有的铠甲后，在每个想念它们的日日夜夜，都有一代代女排人披上你们曾闪着金光的铠甲，都有人对你们思念，并且爱之所喜。

亚茹

2019 年 5 月 15 日　北京

引言

为了同一个梦想，风雨兼程四十载

回顾中国女排的历史，从功勋教练袁伟民至今，共有 11 人 13 次担任女排主帅。

20 世纪 70 年代，袁伟民开始担任中国女排主教练，并以曹慧英、孙晋芳等人为班底，又召入现任女排主教练郎平等人，自此开创了中国女排的辉煌。

在袁伟民的带领下，中国女排连夺 1981 年世界杯、1982 年世锦赛和 1984 年洛杉矶奥运会冠军。在夺得三连冠后，袁伟民卸任主教练，出任国家体委副主任，如今，已近耄耋之年的他依然心系中国排球。此后，女排主帅一职由邓若曾接任。1985 年，邓若曾带领女排姑娘们蝉联世界杯冠军后告退，女排主帅由张蓉芳接任。1986 年，张蓉芳带领女排姑娘们蝉联世锦赛冠军，自此，造就了女排历史上绝无仅有的五连冠奇迹，在那个年代振奋了国人的精神。

五连冠之后，中国女排队伍面临球员平均年龄偏大、球队实力明显下降等问题，此时，张蓉芳也转赴国家体委任职。其后，李耀先于 1987 年走马上任，扛起女排主帅大旗。1988 年，胡进接棒。1993 年，胡进卸任后，栗晓峰短暂地接过了女排帅印。但几任主帅都未能将中国女排成功带出低谷。

就在中国女排陷入瓶颈期时，袁伟民想到在美国执教的郎平。应恩师之邀，郎平于

▲ 2003 年 11 月 19 日晚，时任国家体育总局局长袁伟民在京设宴款待刚刚夺得第九届女排世界杯冠军的女排姑娘。新老女排队员在一起共享快乐时光。图为袁伟民与新老女排队员合影。

前排左起：沈散英、张萍、王丽娜、李珊、刘亚男、曹慧英、袁伟民、陈忠和、陈亚琼、赖亚文、赵蕊蕊、冯坤、杨希。

后排左起：张娜、周苏红、杨昊、张洁云、陈招娣、周鹿敏、梁艳、郑美珠、张蓉芳、李延军、张越红、陈静、宋妮娜、孙晋芳、朱玲。

▲ 2008 年 6 月 19 日，世界女排大奖赛新闻发布会在宁波北仑举行。图为中国队主教练陈忠和出席新闻发布会。

▲ 2016 年，里约奥运会中国女排夺冠后，主教练郎平庆祝胜利。

▲ 1998 年，郎平因身体原因离开中国女排。图为郎平与胡进交接帅位。

1995 年回国出任中国女排主教练。郎平率队先后夺得 1995 年世界杯第三名，1996 年亚特兰大奥运会亚军，以及 1998 年世锦赛亚军。

1998 年世锦赛后，郎平因为身体原因辞职，胡进于 1999 年再度上任，开启二次执教女排之旅。

步入新世纪后，多年担任中国女排陪打教练、助理教练的陈忠和于 2001 年披挂上阵，

▲ 2014 年 9 月 6 日，全国女子排球锦标赛，原中国女排的四名主教练率各自的队伍在赛场聚首。图为福建队主教练胡进（右二）、江苏队主教练蔡斌（右一）、天津队主教练王宝泉（左二）和八一队主教练俞觉敏（左一）合影留念。

对女排进行了大刀阔斧的人员更新，就此打造了冯坤、周苏红、刘亚男、赵蕊蕊等“黄金一代”，女排也连夺 2003 年世界杯冠军和 2004 年雅典奥运会冠军。

2008 年北京奥运会后，陈忠和引退，女排开始了走马灯式的换帅。蔡斌、王宝泉先后短暂接任，而后俞觉敏带队征战了 2011 年世界杯和 2012 年伦敦奥运会。

2013 年 4 月 25 日，郎平再度出山，开启了中国女排的辉煌征途。

陈忠和，
最谦虚的功勋教练

陈忠和，1957 年 10 月 2 日出生于中国福建，曾任中国国家女子排球队主教练。

1979 年，陈忠和出任中国女排陪打教练。2001 年，出任中国女排主教练，并带领中国女排夺得 2003 年世界杯冠军，重获失落 17 年的世界冠军荣誉。2004 年，陈忠和率领中国女排于无声处绝地反击，夺得雅典奥运会金牌。2009 年，陈忠和卸任中国女排主教练，同年出任福建省体育局副局长。

1996 年的亚特兰大奥运会，我第一次遇到“老陈”。当时他还是“小陈”，是中国女排的助理教练，辅佐主教练郎平带领国家女排获得第七届世界杯女排赛第三名、第二十六届奥运会亚军、第九届亚洲女排锦标赛冠军、第十三届世界锦标赛亚军、第十三届亚运会冠军。

1999 年，老陈继续担任中国女排教练，又协助主教练胡进带领中国女排获得第十届亚洲女排锦标赛冠军、第八届世界杯女排赛第五名、第二十七届奥运会第五名。

◀ 2002 年 9 月 12 日，女排世锦赛四分之一决赛中，中国女排以 3 比 2 险胜巴西队。图为主教练陈忠和观察场上形势。

▲ 2002 年 3 月 14 日，新组建的中国女排到郴州集训。图为教练陈忠和给队员做指导训练。

▲ 午休后，女排队员进行技战术训练，陈忠和及时发现并沟通思想问题。做好思想工作，是中国女排的好传统。

▲ 2003 年 11 月 3 日，在日本鹿儿岛举行的第九届女排世界杯赛第三场比赛中，中国队以 3 比 0 战胜多米尼加队，取得三连胜。图为主教练陈忠和为队员讲解战术。

▲ 2003 年 11 月 15 日，第九届女排世界杯赛，中国队迎战东道主日本队，以 3 比 0 战胜日本队。继 1986 年之后，时隔 17 年再次登上世界冠军领奖台。图为队员们庆祝胜利。

2001 年初，这位“五朝元老”陈忠和终于从“小媳妇”升级成了“婆婆”，出任中国女排主教练。这一切，都是归于两个字——“我来”！

女排的选帅一直都是大家关注的话题，2001 年的这次选帅，随着胡进的卸任而开始。可胡指导仍然是下届呼声最高的主教练候选人，包括陈忠和在内的所有人都一致推荐胡指导连任。但是迫于压力，胡指导最终还是没再拿起女排的教鞭。就在整个国家体育总局排球运动管理中心（简称排管中心）的人都急得焦头烂额之际，老陈说了句：“我来！”

也许谁也没想到，当时简单的两个字，竟然是女排再度崛起的关键。2004 年奥运会，时隔多年，中国女排战胜了强大的俄罗斯队，再次站在了世界排坛之巅。而夺冠的这一刻，也成了我人生重要的一部分。2004 年，那时

▲ 2003 年 11 月 15 日，第九届女排世界杯赛中国队击败东道主日本队。时隔 17 年，以十一战全胜的战绩再次登上世界冠军领奖台。图为赵蕊蕊与主教练陈忠和（右）拥抱庆祝。

候和现在不一样，相机的存储卡容量几乎都是 1G 的，为了记录整个比赛，我带了 5 张存储卡，在场地内照例记录着女排比赛的瞬间。打到最后一局时，在赛场边上，我听到有观看比赛的澳大利亚女子手球队的姑娘们用蹩脚的中文喊着："中国，加油！"旁边记者席上的人也在给女排姑娘们呐喊助威，很快我就把 4 张存储卡存满了，我把最后一张新卡放在胸前的口袋里，就为了让它见证历史的伟大时刻。可当女排最终赢得金牌的那一刻，我的手哆哆嗦嗦地才把新卡换上。也是那一刻，我才感受到什么叫脑中一片空白。随后，眼泪就控制不住地流下来。我狠狠地捏了自己一把，有点疼，这是真的，不是梦！这个冠军，我们足足等了 20 年啊！

从 0 比 2 到 3 比 2，从地狱到天堂，夺冠后的老陈长长地舒了一口气，趁

▲ 图为 2004 年 8 月雅典奥运会的比赛中，陈忠和在场边指导队员。

着颁奖的间隙，走出了赛场，去了吸烟区。点燃一支香烟，平复一下激动的心情，一抬头看到正在向他走来的老徐（时任排管中心主任的徐利），两个人都沉默着，只是四目相对的那一瞬间，眼泪都不自觉地流了下来。这时领队李全强也来了，看到老陈和老徐后，激动地放声大哭。紧接着，三个铁骨铮铮的汉子拥抱在一起，号啕痛哭。泪水中有等待、有心酸、有幸福……多年后，我和老徐谈到这一幕时，他的眼睛还会微微泛红。

正所谓“缘，妙不可言”，中央电视台雅典奥运会女排决赛的前方解说嘉宾，恰恰是 12 年后率队拿下中国女排第三个奥运会冠军的郎平。回国后，

图 1

◀ 2004 年 8 月雅典奥运会，中国女排夺冠。图 1、图 2 为主教练陈忠和与队员庆祝。

图 2

▲ 陈忠和在做训练笔记。

▲ 陈忠和生活照。

▲ 2008 年 1 月 3 日上午，中国女排在福建漳州女排训练基地进行身体素质训练。图为训练中，排球“铁三角”（国家体育总局排球管理中心主任徐利、副主任李全强和主教练陈忠和）在交谈。

▲ 2008 年 2 月 23 E 下午，中国女排在福建体育馆进行训练，准备即将打响的中一古女排对抗赛。图为中国女排主教练陈忠和布置训练内容。

当我回放比赛时，看到直播间里的郎导几乎喊劈了嗓子，我也几度哽咽。这一切因排球、因中国女排而结的缘分，我不知道是否能算得上是“殊途同归”“归途如虹”。

忙完了雅典奥运会后的一系列庆祝活动，我们终于有了一段闲暇的时间。老陈、老徐和全强三人一拍即合，相约三个家庭出去旅游，顺便奖励下我们这些家属。我们先到香港，再到澳门，最后到深圳，三家人的庆祝旅行就这么开始了。老陈的宝贝儿子陈翔开朗可爱，是我们这次旅行的开心果。有一次在飞机上，小陈翔自我介绍说“我叫陈翔，陈忠和的陈，刘翔的翔”，一下把这次奥运会两个大英雄都给概括了。飞机上的空乘人员和其他旅客都为小陈翔的机智鼓掌。

整个旅程，这三个大男人就喜欢凑在一起在酒店喝茶聊天，完全忘了陪

▲为备战 2008 年北京奥运会，主教练陈忠和带领队员来到湖南郴州训练基地，进行首次为期 38 天的集训。图为主教练陈忠和亲自上阵参与训练。

伴我们这些女同志和孩子一起游玩的任务。后来老陈发现了这个问题，自告奋勇地加入了我们的游玩大军。到了香港，素有“购物达人”之称的老陈，当然不会错过这个大好机会。有一次我们向一个小姑娘问路，刚问完，小姑娘傻傻地站在原地，瞪着大眼睛说：“您……您是陈忠和？我的天啊，陈教练竟然向我问路了！我不是在做梦吧？”老陈和蔼地看着小姑娘：“小姑娘也认识我啊！”“陈教练，我能跟您合个影吗？”小姑娘显然还没从这惊讶中走出来，小脸上还满是惊喜。这个时候一边的小陈翔说话了：“爸爸，你干吗呢？别愣着啊，快去照相啊！”又把大家惹得哈哈大笑。

这就是我镜头外的老陈，那个大家记忆里永远挂着笑容的老陈，那个在排球事业上充满真诚和热情的老陈。在这里，我想对老陈说，女排曾遇见你是幸运的，你的排球世界足够大，足够宽广，若不是你一直把排球事业挂在心头，也许球迷们将错过很多女排的精彩瞬间。春有百花秋有月，夏有凉风冬有雪，而女排曾经有你，便让那些荣誉深刻在人们心头。

▲ 2008 年 8 月 23 日，北京奥运会女子排球 3-4 名决赛中，中国队对战古巴队。图为中国队主教练陈忠和指导队员。

▲ 2004 年 8 月 29 日，雅典奥运会女排决赛，中国队战胜俄罗斯队，时隔 17 年重夺奥运会女排金牌。图为中国女排赛后合影。

前排左起：张萍、戴婉华、冯坤、赖亚文、张建章、李全强、徐利、陈忠和、宋妮娜、卫雍绩。

后排左起：赵蕊蕊、刘亚男、李珊、杨昊、陈静、周苏红、张越红、王丽娜、张娜。

图 1

图 2

▲ 2008 年 8 月 23 日，北京奥运会女子排球赛决赛，中国队以 3 比 1 战胜古巴队，获得季军。图 1 为陈忠和（右）拥抱队员，图 2 为中国队主教练陈忠和感慨落泪。

郎平，
从巨星到主帅

郎平，1960 年 12 月 10 日出生于天津，世界女排名将，现任中国女排主教练。

郎平，曾经强劲扣杀的“铁榔头”，如今郎家军的“总教头”。1980 年，入选第二届中国体育劳伦斯奖十佳名单。1982 年，获得世界女子排球锦标赛 MVP。1984 年，获全国“三八红旗手”。1996 年，获得国际排联颁发的世界最佳教练奖。2002 年 10 月，正式入选世界排球名人堂，成为亚洲排球运动员中获此殊荣的第一人。2013 年 4 月 25 日，郎平正式出任中国女排主教练。2016 年 8 月 21 日，郎平带领中国女排获得里约奥运会冠军。2016 年 12 月 15 日，2016 中国十佳劳伦斯冠军奖揭晓，郎平获得了最佳教练员奖。2017 年 10 月，郎平担任中国排球学院院长。同年，郎平还获得大本钟奖之赫拉特勒斯奖终身成就奖及十杰华裔教练员奖等。

临危不乱，一锤定音，那是荡气回肠的一战！拦击困难、挫折和病痛，把拼搏精神如钉子般砸进人生。一回回倒地，一次次跃起，一记记扣杀，点染几代青春，唤醒大国梦想。因排球而生，为荣誉而战。一把铁榔头，一个大传奇！

——2015 年《感动中国》人物郎平颁奖词

▲ 郎平和恩师袁伟民。

▲ 图为 1998 年，中国队主教练郎平在指导比赛。

如果有人问我，“要是提到女排，你第一个想到的是谁”，“英勇郎平”一定是一个可以让我脱口而出的名字。从运动员时期赛场上的英勇拼杀，到成为主教练后的运筹帷幄，再到赛场下对中国女排的点点滴滴，郎平这大半辈子都奉献给了中国女排。正如2015年《感动中国》给她的颁奖词所说——“因排球而生，为荣誉而战。一把铁榔头，一个大传奇！”

我第一次真正意义上接触这把“铁榔头”是在1995年，郎平应邀回国执教。我怎么都不会想到，当时见到的那个刚毅的女人，日后用自己的信念，把“女排精神”硬生生地扛了起来。可我和我的镜头所见证的郎平，却是一个让人心疼的郎平。

最开始我在随队拍摄的时候，每天都能看见一个“24小时都在上班”的郎平。她随手拿着的笔记本上，密密麻麻地记录着女排姑娘们的各自特点和训练状况。她总是眉头紧锁，在小本子上记着什么。我还开玩笑地说，我们

▲ 郎平生活照。

▲ 郎平和女儿合影。

▲ 2006 年 11 月 8 日，世界女排锦标赛第二阶段小组赛，陈忠和率领中国女排迎战郎平领军的美国女排，这也是第四场“和平大战”，最终中国队以 3 比 1 的比分力克美国队。图为两位教练交流。

▲ 2008 年 8 月 15 日，北京奥运会女排预赛 A 组，中国队以 2 比 3 惜败美国队。图为中国队主教练陈忠和与美国队主教练郎平在赛后新闻发布会上。

的铁榔头现在变成林黛玉了。她自己还说："我可能看起来心事有些重。"其实，不用她说我也知道她的压力有多大。

1998 年，郎平因病结束了在中国女排的第一次执教。之后，来到排球氛围浓厚的意大利北部城市摩德纳执教。令人想不到的是，这座城市居然有 100 多支排球队，但尴尬的是，摩德纳女排成立 27 年居然没有得过冠军。郎平成了尴尬的终结者。她接手的这支队伍实际上就是一支"杂牌军"，有来自意大利、中国、德国等多个国家的球员。经过不到一年的训练，她带领该队在 2000 年

图 1

图 2

▲ 2008 年 7 月 13 日，世界女排大奖赛总决赛第五比赛日，中国队以 2 比 3 惜败美国队。图 1 为美国队主教练郎平指导队员，图 2 为美国队主教练郎平在场边鼓励队员。

▲ 2013 年 5 月 10 日上午，中国女排主教练郎平率队开始首堂训练课。图为郎平讲解。

获意大利女排联赛冠军，随后，获得了 2001 年欧洲女排冠军联赛冠军，2002 年再夺意大利联赛和杯赛双料冠军。带领一支球队迅速崛起，这正是她的能量和魅力所在。

郎平在意大利执教期间，我和杨玛丽应邀代表《中国体育报》去采访，在她家住了十多天。也是在那时，我们成了好朋友。暧昧的阳光洒在桌上，醇醇的咖啡香在屋内缭绕，郎平会亲自煮咖啡、做早餐，我们两个每天都是闻着香味起床的。有的时候我们会跟郎平去训练，有的时候我们一起逛街。为了庆祝她主场的胜利，我们还会和郎平一起做晚饭。她会给我们做“中国版”意大利面，洋葱、西红柿等简单的食材在锅里烹炒后，香味四溢。当我们打

▲ 2014 年 10 月 13 日凌晨，女排世锦赛决赛在意大利米兰结束，中国队 1 比 3 惜败美国女排，时隔 16 年再度摘银，美国队则收获世锦赛首个桂冠。图为中国女排主教练郎平（右一）和队员合影。

图 1

图 2

▲ 2016 年 8 月 19 日，里约奥运会女子排球半决赛，中国女排 3 比 1 力克荷兰女排。图 1、图 2 为主教练郎平庆祝胜利。

▲ 2018 年 6 月 29 日，世界女排联赛总决赛，中国队以 0 比 3 负于巴西队。图为中国队主教练郎平布置战术。

开窗户，被香味吸引的三四个年龄大一些的邻居趴在阳台上往我们这边看。采访、吃饭、逛街、游玩，可以说这是我最惬意的一次采访。

2013 年 4 月，郎平再次决定在中国女排处于低谷时出任国家队主帅。而这一次的郎教练，和上一次担任中国女排教练的她给我的感觉仍是一样的。岁月并没有在她身上留下多少烙印，却让这个执掌女排教鞭的女人一次次拼搏前行。

平心而论，当时她接手的女排已不再是中国女排历史上最强的阵容。谁能想到这样一支年轻的队伍在郎平的训练下仍能重回世界之巅，又有谁能想到女排姑娘们一次又一次上演奇迹。

2015 年名古屋大战，中国女排以 3 比 1 的成绩力克东道主日本女排。10

胜 1 负累计 30 分问鼎冠军并直通里约奥运会。当我用相机记录下女排这一历史性时刻时，镜头里每个姑娘都在闪耀，郎平也被这又一次“燃起”的女排精神映衬得光彩夺目。

2016 年里约奥运会，当中国女排屹立在世界之巅时，我竟有一瞬间忘记按下手中的快门。除了影像资料，那一刻值得所有人用心铭记。郎平敢于在一些比赛中输球锻炼队伍，敢于起用新人。八进四的时候，似乎成了郎平的转折，正是她大胆起用新人，让比赛成了经典。后来，郎平不止一次对我说：“这次里约之行，就是一次里约大冒险。我已经无能为力了，我把能用的都用了。”这是远远超过技术层面的胜利，这是一个奥运冠军所不能涵盖的精神荣誉。

三年之后又是三年，日子在眼前溜走。在我用镜头陪伴国家队的日子里，最美好的时刻就是 1995 年在机场时第一次遇到你的时候，我的心里突然升起了一股莫名的热情，它让我感受到的，像是面对海洋或天空时心中的波澜壮阔。后来我懂得，那就是我心中称为骄傲的东西，我也由此明白，“女排精神”是真切的存在，像女排手中的这把“铁榔头”一样真实。

▲ 里约当地时间 2016 年 8 月 20 日，第 31 届夏季奥运会女子排球决赛，中国队以 3 比 1 力克塞尔维亚队，时隔 12 年再次夺得奥运会金牌。图为女排队员在颁奖仪式上。

前排左起：卫雍绩、包壮、安家杰、郎平、赖亚文、袁灵犀、李童。

后排左起：袁心玥、朱婷、杨方旭、龚翔宇、魏秋月、张常宁、刘晓彤、徐云丽、惠若琪、林莉、丁霞、颜妮。

中国
CHINA
CHINA
CHINA

赖亚文，
“嫁”给了排球

赖亚文，1970 年 9 月 9 日出生于辽宁大连，原中国国家女子排球队运动员，曾任国家队队长。中共十九大代表，现任国家体育总局排球运动管理中心副主任兼中国女排领队。

赖亚文的运动生涯堪称传奇。1989 年进入国家队，作为郎平在球场上的最佳搭档、世界级的副攻手，赖亚文成为 20 世纪 90 年代中国女排最著名的球星之一，跨胡进与郎平两任主帅执教时期。她曾在 1990 年世锦赛上获得“最佳防守奖”。1999 年起，赖亚文开始担任中国女排助理教练。从胡进、陈忠和到蔡斌、俞觉敏，再到如今的郎平，赖亚文辅佐了中国女排五任主教练，被球迷们称为“五朝元老”，见证了中国女排从低谷到辉煌的全过程。2003 年，赖亚文作为助理教练带队获得世界女排大奖赛总决赛冠军、2015 年世界杯女排赛冠军及 2004 年雅典奥运会、2016 年里约奥运会女排冠军。2017 年 1 月 4 日，她被体育总局授予 2016 年度体育运动荣誉奖章。

1989 年，亚文 19 岁；1998 年，亚文 28 岁。球员时代，一米八的亚文场上司职副攻。十年的球员职业生涯，也是她载满荣誉的十年，四次世界亚军、两次世界大赛第三名、五次亚锦赛冠军、三次亚运会冠军和五次全国冠军……

遗憾的是，球员时期的亚文没有获得一次世界冠军，但也是这种遗憾，让她将自己“嫁”给了排球。

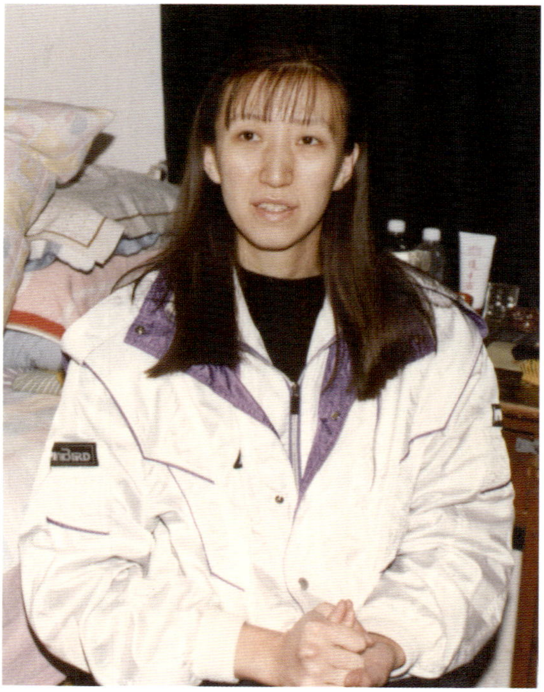

▲ 赖亚文生活照。

▲ 1998 年，中国女排集训。图为赖亚文（左）。

▲ 2003 年 3 月 8 日，赖亚文与中国女排在湖南郴州进行集训。

▲ 2003 年 11 月 6 日，中国女排于日本仙台进行第九届女排世界杯赛比赛中，以 3 比 0 击败欧洲冠军波兰队。图为冯坤（左）、赖亚文、杨昊（右）赛后留念。

▲ 2003 年 11 月 19 日，赖亚文在国家体育总局训练局进行的表彰会上接受颁奖。

1999年退役后，亚文担任女排国家队的助理教练，辅佐过陈忠和、蔡斌、王宝泉、俞觉敏等主帅，始终伴随着女排这十几年的颠簸起伏。从低谷到冠军，亚文见证了女排这些年的沧海桑田。

要是镜头和文字能把我对亚文的感情表达出来就好了。2004年雅典奥运会夺冠，所有人瞬间都站起来忘情欢呼的时候，亚文仍然在场上拿着本子记完最后的数据才加入到庆祝的狂欢中。12年后里约再次夺冠，郎平第一时间和她拥抱。

如果时光真的能倒流，我真想拉着女排回到2004年雅典奥运会。2004年的女排奥运冠军不仅是女排姑娘们的，更是在“女排精神”鼓舞下的每一个中国人的。更重要的，也是赖亚文的。除了这枚沉甸甸的金牌，亚文也是在这个时候得到了人生中最重要的奖励——儿子典典。如果还能回到2004年，我真想再用我的镜头记录下这位“嫁”给女排的姑娘微微隆起的小腹。她是

▲ 赖亚文和儿子典典的合照。

◀ 2009 年 4 月 10 日，新组建的中国女排在郴州训练基地进行封闭性训练。图为赖亚文。

▲ 2009 年 4 月 10 日，新一届中国女排在郴州进行军训。图为曾春蕾（左一）、尹萌（左二）、马蕴雯（右一）和教练赖亚文。

▶ 2012 年 7 月 1 日，中国女排主力王一梅在宁波北仑与队友会合。图为王一梅与教练赖亚文交谈。

▲ 2015 年 9 月 6 日，第 12 届女排世界杯比赛中，中国队以 3 比 1 战胜对手日本队夺冠，同时拿到 2016 年里约奥运会的入场券。图为郎平拥抱杨珺菁庆祝，赖亚文喜笑颜开。

▲ 2016 年，里约奥运会女排比赛，图为郎平和赖亚文。

中国女排伟大的教练，更会是一位伟大的母亲，一位中国女排伟大时代的见证者。

当郎平第二次执教中国女排的时候，队里的姑娘们都很年轻，在训练之余，亚文就是她们的贴心大姐姐，和她们一起哭一起笑，帮姑娘们缓解压力。

▲ 2018 年 10 月 14 日，世界女排锦标赛六强赛 H 组的比赛中，中国队首战对阵美国队，以 3 比 2 力克对手。图为中国队主教练郎平（右）、助教安佳杰（中）与领队赖亚文局间交流。

亚文，你大概是女排里最意外又最理所当然的惊喜了。人们常说旁观者清，但是女排是所有人的女排，哪有什么旁观者，所有感受都是我们和女排彼此的。你和女排说过什么话，一起经历过多少风雨，数过多少落在排球上的星星，旁人是不懂的。女排依旧很美，因为有你。

12
CHN
1
CHINA
VOLLEYBALL
16

▲ 2014 年 10 月 12 日，女排世锦赛半决赛在意大利米兰打响，中国队对战意大利队，苦战四局后中国队成功以 3 比 1 战胜对手，时隔 16 年后再次打入决赛。图为中国女排赛后合影。

孙玥，
“小老虎”啸山林

孙玥，1973 年 3 月 31 日出生于江苏南京，原中国国家女子排球队运动员，曾任国家队队长，1991 年入选国家队，主攻。

孙玥，可谓生不逢时，职业生涯相当艰辛，独力撑起女排最低谷的 8 年。她 14 岁进入江苏省队，18 岁入选国家队。比赛训练作风顽强，有“小老虎”的美誉，她是 20 世纪 90 年代中国女排的代表人物。孙玥连续三届参加夏季奥林匹克运动会，曾获得亚特兰大奥运会亚军、世锦赛亚军、世界杯季军、亚锦赛冠军、亚运会冠军等，个人获得 MVP、最佳得分手、最佳防守、最受欢迎运动员等荣誉。2000 年赴意大利职业联赛打球，2004 年入读南京大学新闻系，2006 年任职江苏女排助理教练，2008 年 5 月 28 日，担任奥运火炬传递南京站火炬手。

孙玥是个大美人，她还是人们心中的那只“小老虎”。1992 年，孙玥成为出征巴塞罗那奥运会集训队伍中的一员。“五连冠”的女排辉煌自始至终都在激励这只漂亮的“小老虎”。

孙玥是从甲级队 C 组进入国家队的。在当时的“国手”里，她的天赋不

▲ 图为中国女排运动员。左起依次为：邱爱华、陈静、吴咏梅、孙玥。

▲ 2000 年 8 月 19 日，在世界女排大奖赛玉溪站比赛中，中国女排以 3 比 0 战胜了日本队。图为主攻手孙玥大力扣球。

算是最好的，再加上经验有限，她的前景并不是十分乐观。刚到国家队，压力就接踵而至。行李刚放下，训练就开始了。从省队到国家队，训练节奏和强度的变化让她很不适应，失误连连。但是，从她的眼中，我们除了可以看到压力，还可以看到一种坚定。也正是这种坚定，让她在欧美热身赛对战古巴那场比赛中大放异彩。“小老虎”终于归山了。

后来女排在巴塞罗那的败北，给这只刚归山的“小老虎”当头一棒。她一度因为自己的一个失误而自责流泪，但是我们不能否认孙玥的重要性。1992 年巴塞罗那奥运会，中国女排总得分 185 分，其中孙玥拿下了 127 次夺

▲ 孙玥领奖。

▲ 1999 年，集训中的中国女排。

回发球权的得分，直接得分 58 分，名列得分榜第二，仅次于克罗地亚的主攻手“怪物”芭芭拉。

挫折永远是人生成长路上必不可少的催化剂。1993 年，女排阵容大调整，20 岁的孙玥成了这支年轻队伍中的一员老将。而之前的老队员对她的叮嘱，她始终记在心头——“我们没机会了，‘小老虎’，今后要靠你们了！”女排精神在孙玥和新队员的手上得到了传承。她总是最卖力为队友鼓劲的那一个，也是训练最刻苦的那一个。终于，在第七届亚洲女排锦标赛上，担任主攻手的孙玥彻底征服了观众，获得了大会授予的“最佳一传”的荣誉。

人们也从孙玥的身上，看到了未来女排重新崛起的希望。

CHN
12

邱爱华，
“中国式”跳发球

邱爱华，1977 年 1 月 28 日出生于江苏南通，原中国国家女子排球队运动员，1997 年进入郎平执教的国家队，接应二传。

邱爱华，堪称中国女排的一匹“黑马”，可惜职业生涯犹如“昙花”。她 12 岁开始接受排球训练，进入国家队后，司职接应二传。接应二传是排球场上要求最全面的位置。进攻，要像主攻手一样犀利；拦网，要和副攻手一起组成网上长城；有时还要担当穿针引线的二传职责。邱爱华技术全面，腰腹力量大，后排进攻强，还有一手极具威胁的跳发球，可谓堪当此任。1998 年参加在日本举行的第十三届世界女排锦标赛，与队友合作，获第 2 名，一战成名。后因病痛折磨，遗憾地离开国家队。

▲ 比赛中邱爱华扣球。

1998 年，当我第一次以记者的身份跟女排姑娘们一同站在球场上后不久，新华社发表评论——“中国女排即将迎来邱爱华时代！”

小邱虽然是主攻出身，但是节奏感很强，悟性也很不错。被“改造”成接应二传以后，她的双背飞进攻不同于周苏红和刘亚男的出其不意。小邱的双背飞节奏感更强，力度掌握更为合适。郎平第一次担任女排主帅，是用两个主攻接一传，而这一战术成就了邱爱华。郎平也围绕小邱设计和安排了一

▶ 比赛中邱爱华组织进攻。

▲ 比赛中邱爱华救球。

▲ 2000 年 12 月 9 日，2001 年步步高无绳电话杯全国女排联赛，江苏仪征化纤女排以 3 比 0 战胜了四川女排。图为江苏队邱爱华大力扣球。

系列战术，小邱在中国女排创新改革准备前期的时代背景下，终于从重用变为专用，成为郎平调动整体攻防系统的重要棋子，以再博世界冠军。

1998 年世界女排锦标赛上，依靠中国女排阵中两个主攻铺垫，在对阵俄罗斯女排时，邱爱华有着极其出色的发挥，一鸣惊人。

随着郎平的离任，再加上伤病加重，从 1998 年“中国女排即将迎来邱爱华时代”到 2001 年走出国家队大门，邱爱华从一颗闪闪发光的新星变成一颗流星，稍纵即逝，一个实力派运动员就这样在 1998 年世锦赛上昙花一现，如果身体条件允许，她可能会是一朵经久不败的牡丹。

▲ 2013 年初，郎平和邱爱华（左）。

adidas

冯坤，
场上“猎豹”，场下“熊猫”

冯坤，1978 年 12 月 28 日出生于北京，原中国国家女子排球队运动员，曾任国家队队长，1997 年入选郎平执教的国家队，2001 年再次入选陈忠和执教的国家队，二传。

“得坤者得天下”，她是球场上当之无愧的灵魂人物。冯坤出生在一个高级知识分子家庭，受过良好的家庭教育。1994 年，15 岁的冯坤正式开始了专业排球的运动生涯。她勤奋、好学、脑子灵活，有“小诸葛”之称。身高 1.83 米的她是当时中国女排有史以来最高的二传手，后来很快成为中国女排的主力二传，除了传球技术好外，冯坤的发球、拦网也很好，是中国女排快、变战术的核心。冯坤生性喜欢进攻，攻击意识很强，还有一手“二次球”的绝活，机会来临时，她常常出其不意地偷袭对手。她曾获得 2003 年女排世界杯赛最佳二传手的荣誉。2004 年，作为队长和主力二传，冯坤率领中国女排站到了雅典奥运会冠军的领奖台上。

▲ 2003年11月8日，第九届女排世界杯赛比赛中，中国队以3比0击败老对手韩国队。至此，中国队取得了六连胜。图为冯坤组织进攻。

冯坤是和中国女排一起成长起来的，或者说冯坤伴随着中国女排的重新崛起而变成熟。为此，中国女排付出了漫长的等待。我记得有一次冯坤在接受采访时说："我练得都要吐血了！但我会咬牙挺住，力争让自己更上一层楼，我坚信天道酬勤。"

在训练和比赛中，冯坤传球动作灵活、精准，又变幻莫测，一直都为中国女排输送着炮弹。

训练之外的冯坤却是个慢性子，像一只慢条斯理的熊猫。而这慢条斯理

▲ 2003 年 11 月 1 日，于日本鹿儿岛举行的第九届女排世界杯赛上，经过 100 分钟的激烈争夺，中国队以 3 比 1 力克巴西队。图为冯坤组织进攻。

▶ 2003 年 11 月 8 日，中国女排于日本富山进行的第九届女排世界杯赛比赛中，以 3 比 0 击败老对手韩国队。图为冯坤组织进攻。

▲ 2003 年 11 月 13 日，第九届女排世界杯赛，中国女排以 3 比 2 战胜美国队。图为冯坤。

▲ 2003 年 11 月 15 日，于日本大阪举行的第九届女排世界杯赛上，中国女排以 3 比 0 战胜日本队。图为赵蕊蕊获世界杯最佳扣球奖，冯坤获最佳二传手。

的性格，又让人觉得冯坤是一个大智若愚的人。2003 年，中国女排参加了在日本举行的世界杯并获得冠军。队伍预定早上 6 点出发回国，凌晨我在路过冯坤寝室时，发现她还没睡，她走过来拉着我说："亚茹阿姨，你进来，你进来，咱们聊会儿天。"我一看表，已经 4 点了。我走进她的寝室，才发现她的行李还没收拾。"6 点就出发了，你怎么还没收拾啊？"我着急地问。"不着急，不着急。亚茹阿姨，来，咱们聊会儿天。"冯坤还是慢条斯理地说着。而和她同屋的宋妮娜一边帮她收拾，一边说："你是不着急了！"我们就一

▲ 2003 年 11 月 13 日，第九届女排世界杯赛，中国女排以 3 比 2 战胜美国队，取得开赛以来的九连胜，并稳获 2004 年雅典奥运会入场券。图为冯坤。

◀ 2004 年 5 月 25 日，在天津举行的中国国际女排赛第一轮比赛中，中国女排以3比1战胜古巴女排。图为二传手冯坤组织进攻。

▼ 2004 年雅典奥运会，中国队对战日本队。图为冯坤、刘亚男组织进攻。

▲ 2005 年 5 月 26 日，中国国际女排精英赛中，中国女排以 3 比 1 战胜波兰队，取得了开赛以来的三连胜。图为冯坤在比赛中。

边聊天一边帮她收拾行李，在临出发的前一刻，我们才终于赶上队伍。

2004 年，在雅典奥运会夺冠回国后，有一次我俩聊天，我就问坤儿：“最后那几个球你怎么那么坚定地给张越红呢？”坤儿跟我说：“她是我的队友，我们是中国女排，当时我就不信她打不死！”过了这么多年，当时坤儿跟我说这句话时那个坚定的眼神我还记得清清楚楚。

冯坤，现在的你已经拥有美满的婚姻生活和事业，以后啊，愿你像享受排球运动那样享受生活！

◀ 2006年5月26日，“北仑杯”中国国际女排精英赛，中国队以3比2险胜荷兰队赢得首场胜利。图为冯坤、马蕴雯（右）拦网。

▲ 2006年5月28日，“北仑杯”中国国际女排精英赛决赛，中国队以3比0完胜古巴队，获得冠军。图为冯坤组织进攻。

▲ 2008 年 6 月 22 日，申洲 2008 世界女排大奖赛北仑站最后的比赛，中国队 3 比 2 险胜巴西队。图为中国队冯坤和赵蕊蕊上演“短平快”。

◀ 2008 年 6 月 7 日，瑞士女排精英赛，中国队以 3 比 1 战胜意大利队。图为冯坤组织进攻。

▲ 2008 年 8 月 13 日，北京奥运会女排小组赛，中国女排迎战小组赛第三个对手古巴女排，以 2 比 3 负于对手。图为中国队冯坤救险。

► 2008 年 8 月 13 日晚，北京奥运会女排小组赛上，中国女排迎战古巴女排，以 2 比 3 负于对手。图为中国队冯坤发球。

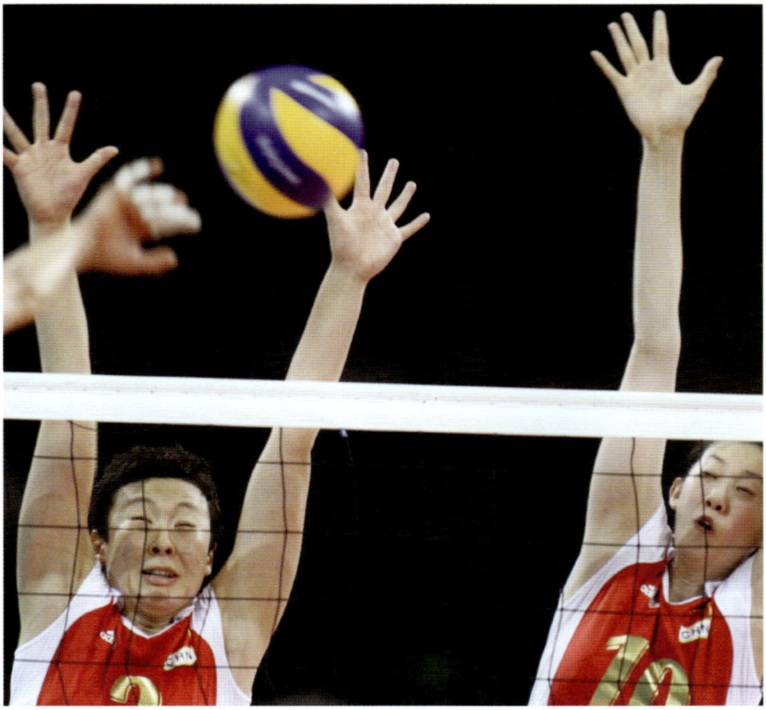

▲ 2008 年 8 月 15 日，北京奥运会女排预赛 A 组中，中国队以 2 比 3 惜败美国队。图为冯坤、薛明双人拦网。

adidas
CHN

周苏红，
“周大炮”的天生神力

周苏红，1979 年 4 月 23 日出生于浙江湖州，原中国国家女子排球队运动员，曾任国家队队长，1998 年入选国家队，接应二传。

周苏红，身披 7 号战衣，人送绰号“大炮”。这门“大炮”制导精确、杀伤力强，足以令对手望而生畏。1994 年，周苏红进入浙江省女排。1996 年，进入国家青年队。1997 年，第一次参加大型比赛的她获得了世界女排青年锦标赛第 3 名。2004 年 8 月 29 日傍晚，女排姑娘浴火重生，演绎了一场惊天逆转的大戏，周苏红也迎来职业生涯的高峰，与队友合作获得了雅典奥运会的冠军。她还曾获得 2003 年女排世界杯冠军、2008 年北京奥运会季军和 2002 年、2006 年、2010 年三届亚运会冠军。其中尤以周苏红 2010 年 9 月复出重回国家队，带领中国女排获得广州亚运会冠军而令人记忆犹新。

▲ 2004 年雅典奥运会比赛中，周苏红接球。

要是说我的摄影生涯最害怕谁？那么周苏红绝对算得上一个。不为别的，就为我们对她的爱称——“周大炮”。如果你见过“大炮”打球，那么她那副看上去正常的体格，总是会让你明白，什么叫天生神力。她总是能在最关键的时候轰出最关键的“炮弹”。女排在崛起的路上一次又一次地披荆斩棘，都是因为有一门灌输“女排精神”的“周大炮”。

2004 年，雅典奥运会女排决赛第四局，中国队一度以 21 比 23 落后于俄

▶ 比赛中周苏红救球。

◀ 雅典当地时间2004 年 8 月 28 日，雅典奥运会女子排球的决赛，中国女排以 3 比 2 力克俄罗斯队，获得金牌。图为周苏红和队友拦网。

罗斯队。如果此局失败，那么中国女排 20 年的冠军梦将彻底破灭。就在这关键时刻，“大炮”连发三球，扳回 3 分，中国队以 25 比 23 取得了胜利，大比分变成 2 比 2，进入第五局，最终获得了奥运会的冠军。

历史惊人地相似，2010 年广州亚运会的第五局，中国队 13 比 14 落后，若韩国队再拿一分，中国队将无缘亚运会冠军。当时，我都有点绝望了，正准备去拍摄对手最后得分的瞬间。在这关键的时刻，“大炮”发球扳回一分，我有点迟疑，但机位并未移动，当“大炮”扳回两分时，我还是有点犹豫，

▲ 2007 年 8 月 24 日，世界女排大奖赛总决赛中，中国队苦战五局以 3 比 2 险胜意大利队。图为周苏红大力扣球。

▲ 2008 年 8 月 13 日晚，北京奥运会女排小组赛上，中国女排迎战古巴女排。图为周苏红扣球。

▲ 2008 年 8 月 23 日，北京奥运会女子排球 3-4 名决赛在首都体育馆进行，中国队迎战古巴队。图为周苏红扣球。

开始缓慢地移动机位。最终，“大炮”发球轮帮助中国队以 16 比 14 战胜韩国队。她过硬的临场素质，真让人佩服。多年后，我们再聊起这事儿，王一梅笑着问我：“亚茹阿姨，您不相信我们吗？”当时我还真的有点尴尬。

后来苏红当了妈妈，有了一个可爱的女儿。小家伙可爱极了，大人们每次叫她“小炮”的时候，她都爽快地答应。或许她还不知道这个“小炮”的来历，当她长大了，当她了解“大炮”的来历时，她一定会为自己的这个名字感到骄傲吧！

▲ 2010 年 10 月 31 日，第十六届世界女排锦标赛 D 组的比赛上，中国队对战韩国队。图为周苏红防守。

▲ 2010 年 11 月 27 日，第十六届亚运会女子排球决赛，中国队以 3 比 2 战胜对手韩国队夺得金牌，并实现亚运会四连冠。图为周苏红快球进攻。

◀ 2010 年 11 月 27 日，第十六届亚运会女子排球决赛，中国队与韩国队展开了激烈争夺，最终以 3 比 2 战胜对手夺得金牌，并实现亚运会四连冠。图为周苏红、李娟喜极而泣。

CHN

赵蕊蕊，
美女作家

赵蕊蕊，1981 年 10 月 8 日出生于江苏南京，原中国国家女子排球队运动员，1999 年入选国家队，副攻。

赵蕊蕊，从曾经的排球女神、“中国女排第一高”，到如今的美女作家，每一个都是最真实的自己。1994 年，赵蕊蕊入选八一青年女排，开始了排球职业生涯。作为一名副攻手，赵蕊蕊将拦网视作自己赖以成功的绝技，并以灵活和速度作为进攻的利器，她的进攻技术出神入化。2003 年，她被评为日本大阪世界杯女排的“最佳扣球手”，赵蕊蕊也成了新一代女排的“当家花旦”。2001—2002 赛季，赵蕊蕊获得全国女排联赛最受欢迎球员，2004 年获得雅典奥运会女排金牌。2009 年，由于伤病，她不得不离开最爱的排球赛场。退役后的赵蕊蕊潜心写作，2013 年其科幻小说《彩羽侠》获得了全球华语科幻星云奖最佳长篇小说银奖。

谈及赵蕊蕊，中国球迷总是忍不住唏嘘一番，身高 1.97 米的她曾是那个时代中国女排复兴的希望之一，可命运总喜欢跟她开玩笑。进入国家队之后，她经常受到一些伤病的困扰。也正是因为这些伤病，妨碍了她取得更大的成就。蕊蕊让人心疼，但她用实力赢得了广大球迷的喜爱。

▼ 2011 年 5 月 15 日，赵蕊蕊在北京西单图书大厦举行《末世唤醒》新书发布会。图为赵蕊蕊与前队友张娜。

▶ 2004年7月20日，中国女排备战即将开始的世界女排大奖赛合肥站的比赛。受伤将近三个月的赵蕊蕊正式归队，参加了部分训练内容。图为主教练陈忠和指导赵蕊蕊。

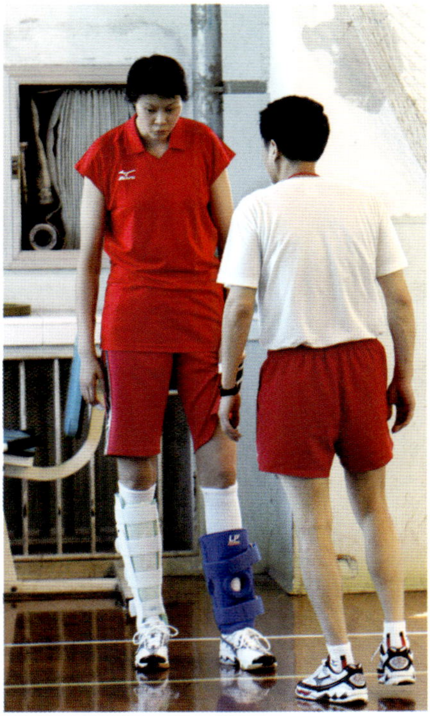

▼ 2003年11月2日，第九届女排世界杯赛第二场比赛中，中国队以3比0战胜古巴队，取得两连胜。图为赵蕊蕊的快球进攻。

▲ 2008 年 7 月 13 日，世界女排大奖赛第五日的比赛，中国队以 2 比 3 惜败美国队。图为中国队赵蕊蕊快攻扣球。

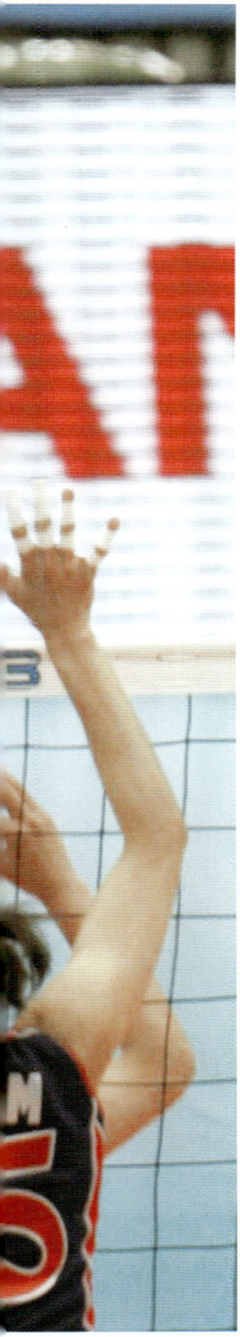

◀ 2008年1月3日，中国女排在福建漳州女排训练基地进行全面的身体素质训练。图为赵蕊蕊做背肌训练。

◀ 2008年7月12日，世界女排大奖赛总决赛第四轮的最后一场比赛中，中国队以3比1战胜东道主日本队。图为2号冯坤、9号赵蕊蕊上演“短平快”。

▲ 2008年8月13日晚，北京奥运会女排小组赛上，中国女排迎战古巴女排。图为中国队赵蕊蕊扣球。

同样是在雅典奥运会，2004 年 8 月 15 日中国女排对阵美国女排，我当时拿着相机从举重馆往排球馆赶，那还是一个没有微信的时代，我的手机一直在响，接到工作人员打来的电话问我在哪儿，什么时间到？我说在路上。她说跟我说一个消息，要我挺住，蕊蕊伤了。我先是一惊，然后背着机器火速

▲ 2008 年 8 月 23 日，北京奥运会女子排球决赛中，中国队以 3 比 1 战胜古巴队，获得季军。图为冯坤和赵蕊蕊（右）打配合。

赶向球馆。这之后的每一分钟，我的内心都在煎熬，却又没有之前那么大的压力了。蕊蕊的受伤像是一把双刃剑，中国女排少了一个冲锋陷阵的王牌上将，但是又激起了女排将士们的斗志。每个人的金牌，都有蕊蕊一份。就像陈忠和教练说的："我一定要把蕊蕊带上领奖台。"

过了这么多年，蕊蕊已经成为一个作家。但是我相信，就凭蕊蕊在球场上的勤奋、毅力和独一无二的女排精神。静如处子，动如脱兔，虽然排球和写作在形式上并无交集，但蕊蕊一定还会是那个蕊蕊美人。

◀ 2008 年 8 月 23 日，北京奥运会女子排球决赛，中国队以 3 比 1 战胜古巴队。图为赵蕊蕊扣球。

◀ 2008 年 8 月 23 日，北京奥运会女子排球决赛，中国队以 3 比 1 战胜古巴队，获得季军。图为周苏红和赵蕊蕊赛后落泪。

▲ 2008 年 8 月 23 日，北京奥运会中国女排获得铜牌。图为赵蕊蕊（左）、刘亚男。

MIZUNO
Vinda®
维达

刘亚男，“鬼才”副攻

刘亚男，1980 年 9 月 29 日出生于辽宁大连，原中国国家女子排球队运动员，2001 年入选国家队，副攻。

“要不是打排球，我就当模特了”，身材姣好的刘亚男有着女排“第一美女”之称，而最让人记忆犹新的，却是她迅雷不及掩耳的“背飞”和“背快”。1991 年，她进入辽宁省大连市业余体校，开始了排球生涯。早年曾经打过二传和接应二传，这也锻炼了她全面的技术，在副攻的位置上如鱼得水。她扣球速度快、力量足，素有“妙手剑客”之称。曾和队友们一起获得 2004 年雅典奥运会金牌。

▲ 2001 年 8 月 12 日，世界女排大奖赛第二站比赛中，中国女排以 3 比 1 战胜巴西女排获得冠军。图为刘亚男网上强攻。

▲ 2002 年 9 月 7 日晚，世界女排锦标赛复赛中，中国队以 3 比 0 战胜了波多黎各队。图为刘亚男进攻。

亚男是个大美女，不仅人美，球技更美。这个典型的辽宁姑娘，泼辣，永远斗志昂扬，在场上无论是顺境还是逆境，从来都是鼓励队友们一起“前进”。

从 2001 年大冠军杯到 2003 年世界杯，再到 2004 年雅典奥运会和 2008 年北京奥运会，当时在国家队里，有个“现象”很有意思：每当有媒体来采访的时候，身为队长的冯坤经常把刘亚男“推”给媒体说“你们采访她就得了”，以至于有一段时间，亚男被队友戏称为“国家队新闻官”。

而最让人难忘的是她的经典“背飞”。毫不夸张地说，巅峰时期的亚男，

▲ 2006年5月26日晚，中国国际女排精英赛，中国队3比2险胜荷兰队。图为刘亚男扣球。

◀ 2006年9月2日，世界女排大奖赛宁波站的一场比赛中，中国队以3比0战波兰队。图为冯坤、刘亚男配合打背飞。

▲ 2006年5月26日晚，"北仑杯"中国国际女排精英赛，中国队3比2险胜荷兰队。图为刘亚男接一传。

▲ 为备战 2008 年北京奥运会，新一届中国女排在主教练陈忠和的带领下，来到湖南郴州训练基地，从 3 月 1 日开始进行首次为期 38 天的集训。图为刘亚男进行力量训练。

是世界上最快的副攻，“小刘飞刀”的背飞堪称一绝。只要一传到位，二传有意组织，再配合 2 号位接应掩护，那快球基本是闪电速度，人一闪，手一点，球就钉在地板上了。排球技术专家曾解释说，亚男的背飞强大在于她融入“黄金一代”极其可怕的一传体系基础之中，同时得益于她与冯坤的配合相当默契。

2004 年雅典奥运会决赛中，面对人高体壮的俄罗斯女排，中国女排先失两局，此时几乎没有人相信中国女排能够逆转。在这样的背景下，刘亚男站了出来，她在 2 号位和 3 号位的位置之间不断变换，多次利用“小刘飞刀”的“背飞”“背快”得分，这样的进攻战术也打了俄罗斯女排一个措手不及，

▲ 2008 年 8 月 15 日，北京奥运会女排预赛 A 组后，主教练陈忠和与队员刘亚男参加新闻发布会。

最终中国女排以 3 比 2 逆转了比赛，时隔 20 年又一次赢得了奥运冠军。夺冠之后，陈忠和跟女排姑娘们激动地相拥而泣。

退役之后的亚男依然活跃在排球第一线，如今她是辽宁省排球运动管理中心副主任，每次国内联赛中，有辽宁女排参加的比赛，场边都能见到她的身影。

▼ 2003 年 11 月 15 日，第九届女排世界杯赛决赛，中国女排以 3 比 0 战胜日本队，获得十一战全胜的战绩，继 1986 年之后，时隔 17 年再次登上世界冠军领奖台。图为女排队员赛后留影。

3

杨昊，
球场上的智者

杨昊，1980 年 3 月 21 日出生于辽宁大连，原中国国家女子排球队运动员，2001 年入选国家队，主攻。

杨昊，称得上朱婷之前中国女排最成功的主攻，只有 1.83 米的她和郎平一样，以弹跳与力量见长，而且出手果断，得分手段多样，有大将风采。2003 年的四国女排精英赛，她连续发了 22 个球，创造了排球史上的奇迹。2004 年雅典奥运会上，她成为队内的第一得分手，帮助中国女排时隔 20 年后重登奥运会的最高领奖台。春风化雨，桃李芬芳，如今她在北京航空航天大学女排执起了教鞭，追随郎平的脚步。

我常常疑惑，我该怎么用镜头拍下杨昊的“第二重人格”呢？

杨昊，虽然身材不高，但是力量很大。她的弹跳也好，跳发球很有特色，心理素质过硬，关键时刻敢于出手。她的得分手段多样，手上功夫很深，进攻时直线和大斜线可以随时变换，让对手猜不透。赛场上的她，让人们记住了她全面的技术和近乎完美的扣球，越是关键的时候，杨昊就越是场上最沉得住气、最让人信得过的家伙。霸气的球风让她成为女排赛场上的巾帼英雄。

◀ 2002 年 7 月 13 日，世界女排大奖赛成都站比赛的第二天，中国女排以 3 比 0 战胜美国队。图为主攻手杨昊 4 号位强攻。

▲ 2003 年 11 月 15 日下午，第九届女排世界杯赛中，中国队同东道主日本队激战，中国女排以 3 比 0 战胜日本队。图为杨昊流下激动的眼泪。

可到了场下，一向霸气的杨昊就变得小鸟依人，说话细声细语，让人对她心生怜爱。

现在，这个具有“第二重人格”的姑娘，退役后已然成了一个小有名气的排球教练，她带领的北航大学女排，一次又一次打出好成绩，也源源不断地锻炼出一批又一批的年轻人。

▲ 2006 年 9 月 3 日，世界女排大奖赛宁波站决赛，中国女排以 3 比 0 战胜古巴女排，获得此次比赛的冠军。图为徐云丽、杨昊拦网。

▶ 2007 年 5 月 31 日，“北仑杯”中国国际女排精英赛，中国队以 3 比 0 轻松战胜多米尼加队。图为杨昊吊球。

图 1

图 2

▲ 2008 年 2 月 24 日晚，中古女排对抗赛的首场比赛，中国女排坐镇主场，迎战劲敌古巴女排。图 1 为杨昊扣球，图 2 为杨昊拦网。

CHN

张娜，

“不死鸟”挽狂澜

张娜，1980 年 4 月出生于天津，原中国国家女子排球队运动员，2001 年入选国家队，自由人。

张娜，中国女排后防屏障最后一道防线。她判断准确、动作协调、出击果断，有险球的地方都能看见身披 16 号战衣的她。她的职业生涯中一传成功率极高，被大家称为“不死鸟”。张娜在 2003 年获得世界女排大奖赛、亚洲锦标赛、女排世界杯三项国际大赛的冠军，在 2004 年雅典奥运会获得了女排冠军。

▲ 2003 年 11 月 1 日，第九届女排世界杯赛中，中国队首战遭遇劲旅巴西队，以 3 比 1 力克巴西队。图为中国队自由人张娜接一传。

▲ 2003 年 11 月 3 日，第九届女排世界杯赛第三场比赛中，中国队以 3 比 0 战胜多米尼加队，取得三连胜。图为中国队自由人张娜为自己加油。

2015 年，女排世界杯中国队夺冠后，张娜发了这样一条微博："祝贺中国女排获得 2015 年世界杯冠军，第一时间取得奥运会参赛资格，直通 2016 年里约奥运会。在中国队赢下俄罗斯队后，世界杯冠军已是囊中之物，但当我看见魏秋月在夺冠赛点时，被郎导派上场，我激动了，感谢郎导，感谢中国女排姑娘们，感谢女排团队的每一位！这就是女排精神。"

那时候我就在想，张娜怎么什么球都能接到？"不死鸟"称号不是白来的。

曾经一传的成功率极高，这完美地解除了我的困惑。

2004 年，中国女排之所以在奥运会夺冠，屡屡能够在关键时刻力挽狂澜，除了有那支优秀的女排团队之外，张娜的存在让一切都存在可能。在 2003 年的世界杯赛上，张娜一传到位率列第二位，2004 年的雅典奥运会一传到位率列第一位。除了做好一传，张娜还扛起了队内的脏活累活，屡屡救险挽救中国女排，雅典奥运会决赛对阵俄罗斯那场惊天地泣鬼神的比赛里连扳 3 局逆转，张娜的防守让人记忆犹新。

2007 年，张娜在天津接受了颈椎手术，手术很成功，极大地缓解了她的颈椎压力。手术后第二天，我跟着大伙一起去天津看望张娜，还没等我们进门，护士就跑过来跟我们一行人说：“谢天谢地，总算有排球专业人士来了，你们快帮我劝劝她吧，昨天才从手术室出来，今天一醒，就坐在病床上‘训练’，一直在颠球。”我们互相看了看，不约而同地笑了笑：“不用担心了，张娜没事，张娜‘回来了’。”

▲ 2005 年 6 月 25 日，世界女排大奖赛宁波北仑站，主场作战的中国女排击败欧洲劲旅荷兰女排。图为张娜、杨昊救球。

▲ 2007 年 10 月 30 日，国家体育总局排球管理中心的领导到医院看望刚刚做完颈椎手术的张娜。图为张娜在病床上依然不忘“热身”。

◀ 2008 年 6 月 21 日，世界女排大奖赛北仑站第二比赛日，中国队以 3 比 0 轻取泰国队。图为张娜救球。

◀ 2008 年 8 月 13 日，北京奥运会女排小组赛中，中国女排迎战古巴女排。图为张娜救球。

▲ 2008 年 8 月 23 日，北京奥运会女子排球决赛中，中国队以 3 比 1 战胜古巴队，获得季军。图为张娜庆祝得分。

2008 年，颈椎和膝盖有着不同程度伤病的张娜，临危受命，带着人工颈椎走上了 2008 年北京奥运会的赛场。虽然有伤病困扰，但凭借丰富的经验、过人的球技，张娜还是很好地完成了比赛，最终帮助中国女排取得第三名的成绩。我记得，比赛结束后，张娜哭着从赛场上走下来，还没等我摘下相机，

▲ 2014 年 10 月 24 日，由原中国女排主帅陈忠和发起的纪念雅典夺冠十周年、中国女排“黄金一代”再聚首活动在福建漳州举行。除了周苏红遗憾缺席，其他队员悉数到场。图为姑娘们大摆 pose，用影像留住相聚的美好时光。

就一把抱住我说：“亚茹阿姨，我们才得了第三 ，我们真的尽力了，亚茹……呜呜……阿姨……”虽然没有拿到冠军，但是她拼尽全力，带着人工颈椎和中国女排一起拼搏。张娜无疑是令人敬佩的。

王一梅，
“重炮手”的十年血泪史

王一梅，1988 年 1 月 11 日出生于辽宁大连，原中国国家女子排球队队员，2005 年入选国家队，主攻。

王一梅生不逢时，整个职业生涯中都没有拿到过奥运冠军，但这并不妨碍她是女排过渡时期最好的主攻。王一梅 7 岁进入大连体校，可看中她的却是一位游泳教练。直到 1999 年，辽宁省体校女排的宁教练将其挖掘后，改打排球。王一梅擅长强攻，是自“铁榔头”郎平以来中国女排第二个能打调整攻的主攻手，她的重炮式强攻让对手很难防范，对她心生忌惮的莫过于日本选手，尤其是日本队队长木村纱织，她曾经两次被王一梅的重扣击倒，其中一次被击晕。

大梅，是大家对王一梅的昵称，她是最早知道我要整理这本影像集的女排队员。

从 2003 年入选中国女排到 2012 年伦敦奥运会之后淡出，要是说女排这些姑娘里最让我心疼的，就是大梅。大梅从前是一名游泳运动员，转型入选中国女排时还不满 16 岁，当时那个胖乎乎的大个子“小姑娘”成为全队最受宠的人。

除了排球，大梅最喜欢什么？当然是吃，最爱烧茄子。不过，这也是她

▼ 2006 年 4 月 21 日，中国女排在漳州训练基地开始了第二阶段的封闭训练。图为训练中王一梅倒地救球。

最大的麻烦。2007 年，20 岁的王一梅在中国女排集训开始时差点把主教练陈忠和气晕过去。当时女排队伍里的体重秤上限是 100 公斤，大梅站上去以后，秤上怎么也显示不出大梅的实际体重，指针停在 100 公斤处再也没有回旋的迹象。娇羞地低着头的大梅和当时在一旁咆哮的忠和成了鲜明的对比。

从陈忠和、蔡斌、王宝泉到俞觉敏，每一任中国女排主教练在集训之初的首要任务都是给大梅减肥。知道她爱吃，教练们与她“约法三章”，除了在食堂一日三顿吃减肥餐之外，绝不允许私藏任何零食。

十年减肥血泪史。

对于大梅来说，最苦的不是训练，而是减肥。大梅的身体条件加上巨大的训练量，本来就需要摄入大量的能量，可是为了大梅的职业生涯，必须严

▼ 2006 年 11 月 1 日，第 15 届女排世锦赛 B 组中国队迎战有着“小古巴”之称的多米尼加队。图为王一梅和对手在网上争夺。

▼ 2006 年 11 月 15 日，女排世锦赛决赛排名赛，中国队迎战老冤家古巴队。图为王一梅扣球。

▲ 2009 年 5 月 9 日，中国女排队员继续在郴州集训，为了有效瘦身，王一梅还在训练课后进行了长距离游泳。

格控制体重。因此，中国女排的“重炮手”成了全队监督的对象。那段时间我知道大梅正在接受专业团队的减肥训练，但还是忍不住拿起相机想拍拍她，然后给她看最新的照片。大梅看着照片说：“亚茹阿姨，您下次帮我拍得瘦一点，这样我就不用这么辛苦地减肥了。”咕咕咕……大梅捂着肚子朝我笑了笑。

减肥成功的大梅跳得高、扣得重。有一次，我们去郴州基地采访。刚看了一会儿女排训练，就听到旁边的人说：“能离开场地的离开场地，能上看台的上看台，都躲远点。”我们问：“为什么呀？”他们说：“大梅要扣球了。”大梅扣球到底有多厉害，有人说球速 89km/h，而我们开玩笑的时候说：“大梅扣球你要摊上的话，不倒下也得晕三天。”

▶ 2010 年 8 月 8 日，世界女排大奖赛成都站的比赛，中国队以 3 比 1 逆转荷兰队。图为魏秋月、马蕴雯、王一梅三人拦网。

◀ 2010 年 10 月 29 日，女排世锦赛在日本正式开战，在 D 组的一场比赛中，中国队迎战首个对手土耳其队。图为王一梅扣球。

▲ 2010 年 11 月 6 日，女排世锦赛在休战两天之后重燃战火，中国女排对阵日本女排。图为王一梅大力扣球。

▲ 2010 年 11 月 14 日，世界女排锦标赛最后一天的比赛，中国队 0 比 3 完败于波兰队。图为王一梅扣球。

◀ 2011 年 8 月 5 日，世界女排大奖赛漯河站的比赛中，中国队 3 比 0 战胜哈萨克斯坦队。图为王一梅在比赛中。

▲ 2011 年 11 月 17 日，女排世界杯第十轮比赛，中国女排以 3 比 0 轻取肯尼亚队。图为王一梅扣球。

事实的确如此，2011 年，中国女排在世界杯上挺进前三，获得首批伦敦奥运会入场券，作为“重炮手”的大梅功不可没。在与日本队进行比赛时，大梅一球就扣倒了对方的队长木村纱织，赛后，日本媒体评价大梅时说：“王一梅，怪物桑。”

现在的大梅，已经不是当年那个小女孩了，她长大了，瘦了下来，她是如何抵挡住烧茄子的诱惑的呢？尽管她已经离开女排的训练场多时，但每次我从当时的那个训练场走过时，都会想起大梅用力回应我的拥抱，那拥抱里，有坚持，有信念，有决心，有中国女排精神。

▲ 2008 年 8 月 23 日，北京奥运会女子排球赛中，中国队以 3 比 1 战胜古巴队夺得铜牌。图为队员合影。
前排左起：张娜、周苏红、魏秋月、刘亚男、杨昊、冯坤。
后排左起：李娟、马蕴雯、薛明、赵蕊蕊、徐云丽、王一梅。

徐云丽，
“小高妹”的传奇

徐云丽，1987 年 8 月 2 日出生于福建福清，原中国国家女子排球队运动员，2006 年被陈忠和招入国家队，副攻。

如果说赵蕊蕊是“网上长城”，那么徐云丽就是“高墙一堵”，被称为“南长城”。1.96 米的她，从小就因为太高，幼儿园都不肯收。后来进了少年体校，不久又进入省队，因跳级太快，从基础看，虽然她属于“半原始材料”，但这也为她今后的运动生涯打下了基础。“一高破三招！”2006 年，作为新人出战世锦赛，徐云丽成就了她辉煌的“处女秀”。随后，她参加了 2008 年北京奥运会和 2012 年伦敦奥运会，并在 2016 年里约奥运会获得冠军。如今，这位“三朝元老”依然活跃在排球领域。

▲ 2006年9月2日，世界女排大奖赛宁波站的比赛中，中国队以3比0战胜波兰队，取得两连胜。图为徐云丽打快球。

在2016年里约奥运会女排比赛的马拉卡纳体育馆，中国女排时隔12年后重回世界之巅。惠若琪抱着徐云丽泣不成声，我看见整个脸都红着的小丽挥着拳头低吼了一声“耶！”，镜头前的我愣了一下。因为从我接触小丽，她就一直是一个朴实低调的姑娘，朴实到会让你觉得她有些木讷。这个对于

▼ 2006 年 11 月 8 日，世界女排锦标赛第二阶段小组赛，中国女排迎战郎平领军的美国女排，以 3 比 1 的比分力克美国队。图为徐云丽单人拦网。

▲ 2012 年 5 月 6 日，世界女排大奖赛的一场比赛中，中国女排 3 比 2 战胜韩国女排。图为徐云丽扣球。

▲ 2012 年 6 月 28 日，世界女排大奖赛总决赛，中国队 1 比 3 不敌巴西队。图为徐云丽扣球。

▲ 2014 年 9 月 28 日，女排世锦赛 D 组比赛中，中国队和日本队展开激烈比拼。图为徐云丽进攻。

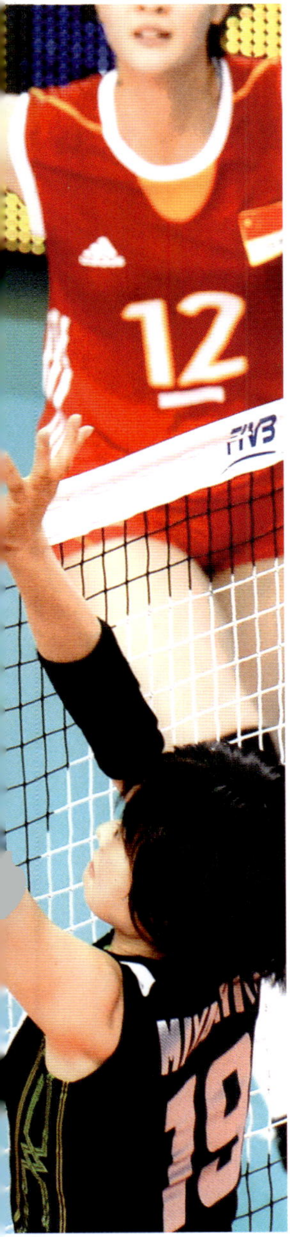

▲ 2014 年 8 月 16 日，澳门银河娱乐世界女排大奖赛第二轮比赛上，中国队对战塞尔维亚队。图为徐云丽和王娜庆祝得分。

▶ 2016 年 8 月 17 日，里约奥运会女排四分之一决赛，中国女排以 3 比 2 战胜巴西女排。图为徐云丽（右）在比赛中。

媒体来说的“超级替补”，低调到进入国家队 10 年，都几乎找不到关于她的采访。

小丽的运动生涯并不是一帆风顺的，她经历过低谷，也到达过运动生涯的顶峰，最终她通过实力完成了赛场上的梦想。2006 年的世锦赛，伤兵满营的女排坚强地迎战着每一个对手，幸亏是小丽顶了上来。如果没有小丽，女排最后会获得一个什么样的成绩是想都不敢想的。一路坚持过来的小丽，从最开始队伍里的小丽，变成了后来的丽姐，她自己还开玩笑地说，对这个称呼的转变都有些不适应。

在这支新女排饱受伤病困扰的最艰难时期，作为一名老将，小丽坚守着从一代代女排前辈传承下来的女排精神，撑起了这段艰难的时光。

▲ 里约当地时间 2016 年 8 月 8 日，奥运会女排小组赛第二场中国队对战意大利队，最终以 3 比 0 战胜意大利队。图为徐云丽扣球。

▲ 里约当地时间 2016 年 8 月 10 日，奥运会女排小组赛第三场中国队对战波多黎各队，中国队以 3 比 0 取胜。图为徐云丽回击。

CHINA

魏秋月，
“月神”院长

魏秋月，1988年9月26日出生于天津，原中国国家女子排球队运动员，曾任国家队队长，2006年以临时借调的身份进入国家队，二传。现任共青团天津市委副书记、天津体育职业学院副院长。

要是说和排球的缘分，还要追溯到魏秋月进入天津市少体校排球预备班（红光里小学）。都说性格决定命运，而魏秋月的性格却先决定了她在女排中的位置。“对攻手来说，性格可能要外向一些，扣球那一下更要有一种狠劲，更泼辣一些。可能二传都比较内向，感觉都有一种思想，都有一些东西。”就这样，她与二传“结缘”。而她与排球的缘分一直在继续，同徐云丽一样，同为“三朝元老”的魏秋月参加了2008年北京奥运会和2012年伦敦奥运会，并在2016年里约奥运会获得冠军。如今的她已卸下战袍，执起教鞭，而她与排球的缘分一直在继续……

我用镜头记录了女排二十年来的点点滴滴，从夺冠到失利，从赛场到训练，从生活到聚会……可是我唯一不敢用镜头记录的，就是魏秋月（我们更喜欢叫她魏秋）的腿。

欲戴皇冠，必承其重。2012年，为了备战伦敦奥运会，女排姑娘们在北仑集训。魏秋月随队到达集训场地后，我从相机里看到她的跑动有些不自然，谁能想到那天集训结束后……

由于备战伦敦奥运会，训练强度明显比以往还要大，姑娘们的训练服已经湿透了，汗水渗进了地板。每天训练结束后，她们甚至连说话的力气都没

▶ 2007年5月25日，中国国际女排精英赛的首场比赛中，中国队以3比0战胜多米尼加队。图为中国队二传魏秋月拦网成功。

▲ 2007 年 5 月 26 日，中国国际女排精英赛的第二比赛日中，中国队迎来了欧洲劲旅荷兰队，以 3 比 1 力挫对手。图为二传魏秋月组织进攻。

▲ 2012 年 6 月 30 日，世界女排大奖赛总决赛，中国队对战土耳其队。图为魏秋月救球。

有了。拍完集训，我收拾东西准备和姑娘们一起去吃晚饭，路过医务室的时候，看见教练和领队都在医务室门口等，这时医务室里面传来魏秋月撕心裂肺的叫喊声。后来得知秋月的腿一直有伤，由于大赛将近，魏秋月一直在保守治疗，每天都需要打针来缓解。“魏秋月真的是我见过的最坚强的人，她的腿伤很严重，那种疼痛程度，就像是断了肋骨，别说是训练，就算平时走路，都要承受巨大的疼痛……”

▶ 2014 年 10 月 10 日，女排世锦赛第三阶段次轮比赛中国队以 3 比 2 战胜对手。图为魏秋月庆祝。

▲ 2014 年 9 月 26 日，女排世锦赛 D 组第三轮争夺中，中国队以 3 比 0 战胜比利时队。图为魏秋月组织进攻。

▲ 2014 年 9 月 28 日，女排世锦赛 D 组的一场比赛，中国队和日本队展开激烈比拼。图为魏秋月传球。

◀ 2014 年 10 月 13 日，女排世锦赛决赛中国队对阵美国队。图为袁心玥和魏秋月双人拦网。

对魏秋月来说，2016 年是最难忘的。日积月累的腿伤，让这个叱咤风云的姑娘开始变得迷茫……2015 年女排世界杯夺冠后，一次和魏秋月聊天，魏秋月抱着腿跟我说："亚茹阿姨，我们是冠军，可是我快坚持不住了。"说完，她把头埋在腿中。窗外露出弯弯的月牙，要是能摘下来该多好啊，我一定把这一弯新月，挽在这个姑娘的发间，就像她把冠军捧在怀中一样。搭上 2016 年女排大名单的末班车，已经是后来的事了，我不知道这个坚强的姑娘在那段时间里做了怎样的挣扎、怎样的调整，对于战胜对手来说，那一年，更重要的是，她战胜了自己。

腿伤已经让她这双白皙修长的双腿饱经折磨，当她摘下护具的时候，看见伤病无情地吞噬她的双腿，我一下子就对这个姑娘肃然起敬，她用这饱经风霜的双腿一次又一次诠释中国二传的传奇，一次又一次地把女排精神用超越竞技、超越技术的跑动展示出来，让中国铭记，让世界尊敬。

▶ 里约当地时间 2016 年 8 月 20 日，第 31 届夏季奥运会女子排球决赛，中国队 3 比 1 力克塞尔维亚队，再次夺得奥运会金牌。图为魏秋月庆祝胜利。

▲ 里约当地时间 2016 年 8 月 14 日，里约奥运会小组赛 B 组的一场比赛中，中国队与美国队展开激战，以 1 比 3 负于美国队。图为魏秋月（右二）传球。

FSL
CHN
adidas

惠若琪，
元气少女

惠若琪，1991 年 3 月 4 日出生于辽宁大连，原中国国家女子排球队运动员，曾任国家队队长，2007 年入选国家队，主攻。

惠若琪，元气满满的美少女，球好人靓，技术全面。借用网友的一句评价：实力与外表同在，技术与精神同存，能力与毅力同步，作用与传承同恒。2011 年，她在俞觉敏执教的国家队中成为绝对主力，随队参加过 2012 年伦敦奥运会。在 2014 年女排世锦赛上，她帮助中国女排获得亚军，创造了女排 16 年来的最佳战绩。2016 年，惠若琪作为队长带领中国女排获得里约奥运会冠军。

2007 年，16 岁的惠若琪被陈忠和带进了国家队，从此开始了这个女孩与女排漫长的故事。若琪漂亮、聪明，更让人欣慰的是，若琪是个有担当的姑娘。

若琪的故事也许早就成了现在年轻人励志的典型。可是只有我们知道，这个光芒四射的女孩，经历了怎样的痛苦。伤病嫉妒这个完美的女孩，硬生生地夺走了若琪在女排巅峰绽放的时光。两次心脏手术之外，身体上的伤病

▲ 2014 年 8 月 16 日，2014 澳门银河娱乐世界女排大奖赛第二轮比赛在澳门综艺馆进行。中国队和塞尔维亚队的比赛正在进行中。图为惠若琪和对手在网上争夺。

▶ 2014 年 9 月 28 日，女排世锦赛 D 组的一场比赛，中国队和日本队展开激烈比拼。图为惠若琪在比赛中。

▲ 2014 年 10 月 9 日，女排世锦赛第三阶段首轮较量，中国队 0 比 3 不敌巴西队。图为惠若琪进攻。

▲ 2014 年 10 月 12 日，女排世锦赛半决赛在意大利米兰打响，中国队激战意大利队。图为惠若琪庆祝得分。

▲ 2014 年 10 月 13 日，女排世锦赛决赛在意大利米兰打响，中国队和美国队展开了激烈的比拼。图为惠若琪（左）进攻。

也在折磨这个女孩，若琪每天还要在康复中心拉伸，疼得她撕心裂肺地喊，听得人心如刀割。

若琪啊！你是这个世界给中国女排难得的馈赠。你既平凡如世人，于世界中奔走，又繁华如夏，在球场上盛开。愿你内心所抵之处都有温和的风，有醉人的黄昏和数不尽的星光，能够容阔伤病和奔波。斟满一杯酒，饮尽星月。

▲ 里约当地时间 2016 年 8 月 14 日，里约奥运会女排小组赛 B 组的一场比赛，中国队与美国队展开激战。图为惠若琪进攻。

◀ 里约当地时间 2016 年 8 月 14 日，里约奥运会女子排球 B 组的一场比赛中，中国队 1 比 3 负于美国队。图为惠若琪起球。

▲ 里约当地时间 2016 年 8 月 20 日，第 31 届夏季奥运会女子排球决赛，中国队 3 比 1 力克塞尔维亚队，夺得奥运会金牌。图为女排队员们庆祝胜利。

▲ 2016 年里约奥运会中国女排夺冠后，女排“三剑客”合影。左起依次为：魏秋月、徐云丽、惠若琪。

▲ 2011 年 11 月 18 日，女排世界杯最后一轮比赛，中国女排以 3 比 0 战胜德国队。图为中国队的姑娘们和教练俞觉敏及国家体育总局排管中心主任徐利等领导合影。

JAPAN 2011
adidas

2
14
2

朱婷，
奔跑的灵魂

朱婷，1994年11月29日出生于河南周口，2013年首次入选国家队，现效力于中国国家女子排球队，现任国家队队长，主攻。

朱婷，今日的“排球一姐”，百年不遇的奇才。她两步起跳扣球，扣球点高、滞空能力强，反应灵活。2013年，带领国青队8战全胜，时隔18年重夺世青赛冠军，朱婷荣膺最佳得分、最佳扣球以及MVP三项大奖。2015年女排世界杯，中国女排久隔11年再获冠军，朱婷首次获得三大赛MVP称号。2016年里约奥运会，中国女排时隔12年再获奥运冠军，朱婷荣获里约奥运会女排MVP与最佳主攻称号。2017年，她所在的土耳其瓦基弗银行队荣获2017年女排世俱杯冠军，朱婷获最佳主攻和MVP。她还在2016年、2017年、2018年，连续三年荣获World of Volley（世界知名排球网站）年度最佳女排运动员奖项。

▲ 2014 年 10 月 12 日凌晨，女排世锦赛半决赛中，中国队迎战意大利队。图为朱婷在比赛中。

朱婷终于可以好好休息了。

“朱婷确实太累了。”这是我的相机告诉我的，我拍下她疲惫地走向场边。

2018 年，世锦赛最后一场比赛刚刚结束，中国女排再一次顽强地战胜对手。朱婷走下球场，坐在场地的挡板旁边，我拍过照后，走到她身边，悄悄地说：“比赛打完了，终于可以歇歇了，好好调整调整。”朱婷看我走过来，笑笑：“亚茹阿姨，歇不了多久，比赛结束后回北京休息两天，我就得飞土耳其了，那边的联赛马上也要开始了。”

我把手放在她的手上：“哦，这样呀！加油吧，一定要调整好自己，别

▲ 2015 年，女排世界杯的一场比赛中，中国队迎战俄罗斯队。图 1 为朱婷扣球，图 2 为朱婷强攻。

受伤。”

朱婷没说话，只是用力地点点头。

2016 年，里约奥运会上中国女排夺冠后不久，她就直奔土耳其，作为中国女排和瓦基弗银行女子排球俱乐部的绝对主力，朱婷几乎打满了所有比赛。土超、土耳其杯、欧冠和世俱杯多线作战保持全勤，她不仅帮助俱乐部夺得多个冠军，自己还荣膺过世俱杯 MVP。虽然风头一时无二，但朱婷所付出的也是我们难以想象的。

1994 年，朱婷出生于河南省周口市一个普通的家庭。小时候的朱婷比

▶ 2015 年，女排世界杯赛中国女排夺得冠军。图为世界杯夺冠后，朱婷激动落泪。

▲ 2016 年 8 月 17 日，里约奥运会女排四分之一决赛上，中国女排以 3 比 2 战胜巴西女排。图为朱婷（中）在比赛中。

同龄的孩子高出一大截，13 岁时候，她的身高就已经超过 1.70 米了。老师看她个子高，又喜欢跑跑跳跳的，就推荐她去了周口市体校，之后又被选进河南省体校。一次机缘巧合，她对排球产生了兴趣，就此结下了不解之缘。

2013 年，朱婷入选国家队，来到了偶像郎平的麾下，成为中国体坛甚至世界排联眼中炙手可热的明星，但她依旧谦虚。在国家队，朱婷不仅是中国女排的头号尖兵，还是队长，女排的每一场硬仗，你都能看见朱婷竭尽全力拼搏的身影。场上如此，场下亦如是。我很难想象，这个 1994 年出生的姑娘的肩膀上，扛着怎样的重担啊！

朱婷是一个特别谦逊、朴实的女孩，在她心里只有排球。有人说，朱婷是一百年才出一个的天才；有人说，能力越大，责任越大。我敬佩这个孩子，敬佩她的热爱、敬佩她的拼搏、敬佩她的坚持……你的成绩全世界人都看在眼里，所有人都祝你成功，都祝你取得好成绩。可是朱婷啊，亚茹阿姨祝你永远健康、快乐，愿你永远热爱排球。

▲ 里约当地时间 2016 年 8 月 20 日，第 31 届夏季奥运会女子排球决赛，中国队 3 比 1 力克塞尔维亚队，夺得奥运会金牌。图为中国女排队员朱婷（右）、袁心玥在颁奖仪式上。

▲ 2018 年 6 月 6 日，世界女排联赛江门站第二轮比赛中，中国队以 3 比 0 战胜俄罗斯队。图为朱婷重扣。

图 1

图 2

▲ 2018 年 10 月 8 日，世界女排锦标赛第二阶段复赛 F 组的比赛中，中国女排战胜阿塞拜疆女排。图 1 为朱婷进攻，图 2 为中国队朱婷拦网成功。

图 1

图 2

图 3

▲ 2018 年 10 月 14 日，世界女排锦标赛六强赛 H 组中，中国队首战对阵美国队，力克对手。图 1 为朱婷重扣，图 2 为朱婷拦网，图 3 为朱婷庆祝自己得分。

▲ 2018 年 10 月 10 日 世界女排锦标赛第二阶段 F 组比赛中，中国队战胜对手美国队。图为朱婷重扣。

▲ 2018 年 10 月 19 日，世界女排锦标赛半决赛，中国队以 2 比 3 惜败意大利队。图为中国队丁霞、袁心玥、朱婷三人拦网。

8

曾春蕾，
阳光灿烂的“大花蕾”

曾春蕾，1989 年 11 月 3 日出生于北京，现效力于中国国家女子排球队，2009 年首次进入国家队，曾任国家队队长，接应二传。

曾春蕾，左右开弓与众不同的“救火队长”。别看她小小年纪，却已经成为北京女排的主要得分手，她左手打球，拦网出色，发球方面将势大力沉的跳发与诡异的长飘相结合，独具特色。2005 年 U20 女排世青赛（世界青年女子排球锦标赛）时，曾春蕾的一传排名仅次于中国队的自由人陈展。2012 年，曾春蕾随队参加了伦敦奥运会。2015 年，曾春蕾被国家体育总局授予“国际级运动健将”称号，同年，女排世界杯赛中，曾春蕾帮助中国女排夺冠。

曾春蕾爱笑，不管是在训练时还是在比赛中，不管是生活里还是在镜头下，她脸上永远挂着两个小酒窝。

2015 年女排世界杯赛，临出发前不久，小惠由于身体的原因没能搭上前往世界杯赛场的车。我问郎平：“小惠这次不在，那队长谁来当啊？临阵换主将可是大忌。”郎平坚定地说：“就春蕾吧！”后来很多人不理解，一个

▲ 2014 年 8 月 15 日，澳门银河娱乐世界女排大奖赛首轮比赛中，中国队以 3 比 1 战胜韩国队。图为曾春蕾进攻。

▲ 2014 年 9 月 28 日，女排世锦赛 D 组的一场比赛中，中国队和日本队展开激烈比拼。图为曾春蕾进攻。

▲ 2014年10月10日，女排世锦赛第三阶段次轮较量，中国队迎战多米尼加队。图为曾春蕾和徐云丽。

记者朋友问：“女排队伍里曾春蕾的技术不是最好的，为什么郎指导要让曾春蕾来当队长呢？”郎平的话一下子就点醒了我，她说：“春蕾在技术上虽然不是这支队伍里最出色的，但这支女排队伍里，没有一个是不出色的。之所以春蕾成了这个救火队长，是因为从我当球员时期开始，一直到现在，除了春蕾，我想不出第二个能把这支队伍凝合得这么紧密的球员，无论场上还

▲ 2014 年 10 月 13 日，女排世锦赛决赛，中国队 1 比 3 憾负，获得银牌。图为杨珺菁（左）、魏秋月（中）和曾春蕾。

是场下，春蕾都能让这支女排成为一个整体。这就是曾春蕾。”

可见，曾春蕾对于女排的重要性不言而喻，除了教练组，最能把女排团结在一起的就是曾春蕾。作为女排的一个救火队长，春蕾成功完成任务，拿到冠军。

2016 年里约奥运会，春蕾没能披上战袍和姐妹们一起出征，当时我还想，这次落选会不会对这个爱笑的姑娘造成什么影响。可是当队伍出发时，映入眼帘的还是春蕾暖心的笑脸。“你们要加油，我在这儿等着你们胜利归来！”后来我才知道，春蕾的笑里有温暖，有坚强，有一个女排人的大气和女排的精神。

▼ 图 1 为 2015 年中国女排夺得世界杯冠军后，时任女排队长曾春蕾代表全队领取冠军奖杯，图 2 为主教练郎平与队长曾春蕾在颁奖仪式上。

图 1

▶ 2015 年 5 月 26 日，亚洲女排锦标赛中，中国队以 3 比 0 战胜哈萨克斯坦队，挺进半决赛。图为曾春蕾扣球。

图 2

◀ 2015 年 8 月 30 日，女排世界杯第 6 轮 B 组比赛中，中国女排轻取古巴队。图为曾春蕾快攻。

◀ 2018 年 10 月 3 日，女排世锦赛 B 组第四轮的比赛，中国女排以 3 比 1 战胜保加利亚女排。图为中国队曾春蕾接一传。

▲ 2018 年 8 月 23 日，第十八届亚运会女排小组赛中，中国队以 3 比 0 战胜韩国队。图为曾春蕾快球进攻。

CHN
中华V3
华晨汽车
17

颜妮，
女排的“北长城”

颜妮，1987 年 3 月 2 日出生于辽宁沈阳，现效力于中国国家女子排球队，2009 年首次进入国家队，副攻。

颜妮，大器晚成，郎平麾下的一名悍将，是中国女排网口上的一道坚固屏障，和徐云丽并称“南北长城”。曾经练过沙滩排球的颜妮由于身高长得太快，影响了其在沙滩排球领域的发展，转入室内排球后，进入辽宁女排青年队。2015 年，28 岁的颜妮第一次参加女排世界杯获得冠军；2016 年，她被授予国际级运动健将称号，同年和队友们一起获得里约奥运会女排冠军。

镜头下的颜妮和平时一样，总是很低调，这让我也不是很了解这个姑娘。郎导把颜妮又一次挖掘锻炼出来，让颜妮的运动生涯迎来了第二春。后来郎导跟我说，这是有原因的——“有颜妮这样的老将在队伍里，我心里踏实。”

2018 年，颜妮 31 岁了。她是中国女排参加 2018 年世锦赛最年长的运动员，但她却是副攻位置上最可信赖的球员。当主持人宣布最佳副攻是颜妮时，她还有一点不太相信，还是丁霞第一个反应过来，连忙恭喜。颜妮十分意外地说：“是

▼ 2015 年 8 月 24 日，女排世界杯赛 B 组的一场比赛，中国队以 0 比 3 负于对手美国队。图为颜妮扣球。

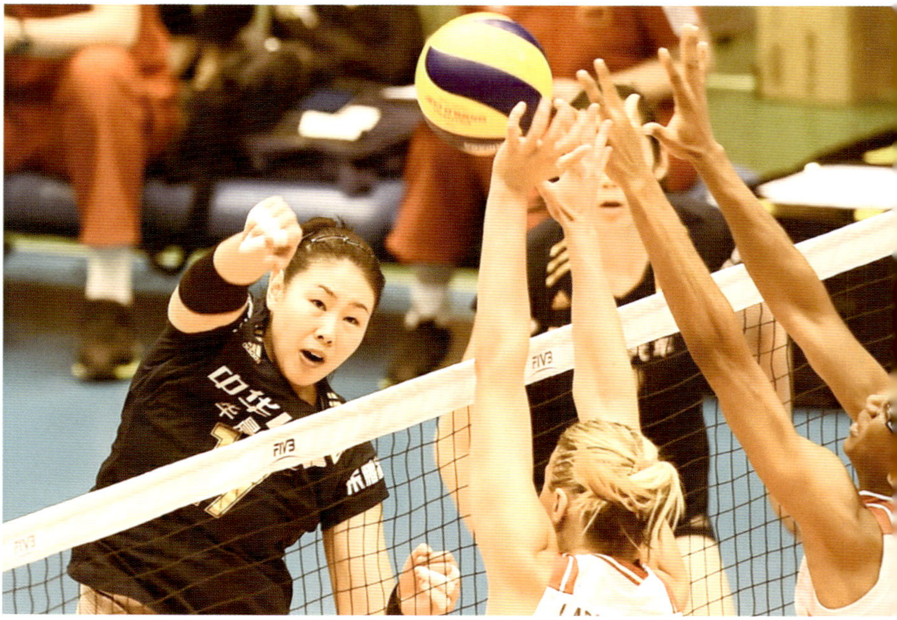

◀ 2015 年 8 月 24 日，女排世界杯赛 B 组的一场比赛中，中国队对阵美国队。图为沈静思、颜妮双人拦网。

◀ 里约当地时间 2016 年 8 月 12 日，奥运会女排第四场比赛，中国队以 0 比 3 不敌塞尔维亚队。图为颜妮回击。

我吗？”在这次大赛中，颜妮局均拦网成功 0.89 次，世锦赛第一，并以第一副攻的荣誉入选最佳阵容。

“颜妮，颜妮……”，现场爆发出热烈欢呼，所有的中国球迷和记者，当然也包括我在内，都真心为她喝彩，也真的为她心疼。细心的人也许会发现，赛场上颜妮的肩臂、手指都缠着胶带，戴着护肘，带伤坚持参赛。

领奖台上的你，荣耀加身，亚茹阿姨为你骄傲。走下赛场，光环散去，看着你撕下胶带，默默承受全身的疼痛。亚茹阿姨希望你养好身体，为 2020 年东京奥运会披上战衣。加油！

▲ 2018 年 10 月 2 日，女排世锦赛 B 组第三轮的比赛，中国女排迎战加拿大女排，以 3 比 0 战胜加拿大女排。图为中国队颜妮（中）、朱婷（右）双人拦网。

▲ 2018 年 9 月 30 日，世界女排锦标赛 B 组比赛中国队以 3 比 0 战胜对手土耳其队。图为颜妮、朱婷（右）庆祝得分。

◀ 2018 年 6 月 7 日，世界女排联赛江门站第三轮比赛中，中国队以 0 比 3 负于美国队。图为颜妮拦网。

◀ 2018 年 10 月 4 日晚，女排世锦赛 B 组第五轮的比赛，中国女排 1 比 3 不敌意大利女排。图为中国队颜妮（右）、龚翔宇拦网。

▲ 2018 年 10 月 20 日，世界女排锦标赛，中国女排获得季军。图为郎平与入围赛会最佳阵容的颜妮。

太平洋
CPIC
9

张常宁，
排球世家的传承人

张常宁，1995 年 11 月 6 日出生于江苏常州，现效力于中国国家女子排球队，2009 年首次进入国家队，司职主攻和接应两个位置。

张常宁，生在排球世家，父亲、哥哥均是中国男排主力队员。她 14 岁进入中国女子沙滩排球队，为今后的发展打下了坚实的基础。2014 年，张常宁参加第四届女排亚洲杯赛。2015 年，参加女排世界杯赛获得冠军。2016 年，获里约奥运会女排冠军。

▲ 2015 年 8 月 24 日，女排世界杯赛 B 组的一场比赛中，中国队对阵美国队。图为张常宁接球。

张常宁进入国家队的道路是女排姑娘中最不平坦的。她曾经是一位沙滩排球运动员，也取得过不错的成绩，但由于执着于室内排球，她从沙滩排球转入室内排球。

前有惠若琪，后有颜妮，从沙滩排球华丽转身后，都取得了辉煌的战绩。虽然沙滩排球和室内排球在技术上存在着很大的差异，但三年的沙滩排球经历，让张常宁提高了体力，稳定了心态，锻炼了技术，为室内排球打下了坚实的基础。然而，二者间也存在着差距，就像她自己所说，“三年的沙滩排球训练改成室内，出现诸多的不适应。从光脚到穿鞋，首先不适应的是脚指头，

▲ 里约当地时间 2016 年 8 月 14 日，第 31 届奥运会女排小组赛 B 组的一场比赛中，中国队以 1 比 3 负于美国队。图为张常宁（左）扣球。

▲ 里约当地时间 2016 年 8 月 20 日，第 31 届夏季奥运会女子排球决赛，中国队 3 比 1 力克塞尔维亚队。图为张常宁拦网。

每天的跑动、冲跳，使我大脚趾的趾甲很快变紫、变空……”

2018 年，女排世锦赛是张常宁受伤后复出的第一个大赛，赛后我问她：“小宝（大家对她的爱称），现在怎么样了？”她说：“还好吧，在慢慢恢复。”接着又说道：“亚茹阿姨，我突然之间觉得我都是老队员了，多可怕呀！”危机感、紧迫感，时时伴随着这个 1995 年的小姑娘。

外界都说，张常宁是女排未来重要的一员，但是，我坚信只有她自己知道，只有在梦想的道路上继续前行，才能让女排再铸辉煌。

图 1

图2

▲ 2018 年 10 月 8 日，世界女排锦标赛第二阶段复赛 F 组的比赛中，中国女排战胜阿塞拜疆女排。图 1 为中国队张常宁进攻，图 2 为张常宁（左）网上争夺。

▶ 2018年10月10日，世界女排锦标赛第二阶段F组比赛中，中国队第三战对阵美国队，完胜对手。图为张常宁扣球。

◀ 2018年10月11日，世界女排锦标赛第二阶段F组比赛中，中国队第四战对阵俄罗斯队，胜出。图为张常宁救球。

▲ 2018 年 10 月 14 日，世界女排锦标赛六强赛 H 组的比赛中，中国队首战对阵美国队，以 3 比 2 力克对手。图为张常宁垫球。

▲ 2018 年 10 月 16 日，2018 世界女排锦标赛六强赛 H 组的比赛中，中国队对战荷兰队，战胜对手。图为张常宁扣球。

▶ 2014 年 10 月 13 日，女排世锦赛决赛，中国队 1 比 3 不敌美国队，获得银牌。图为中国女排主教练郎平和队员们在颁奖仪式后合影。

FIVB
FIVB

袁心玥，
传说 199.9 的“小苹果”

袁心玥，1996 年 12 月 21 日出生于重庆，现效力于中国国家女子排球队，2013 年被郎平慧眼选中进入国家队，副攻。

袁心玥，非常可爱，红红的脸蛋很像个苹果，不管多累都笑呵呵的，被大家称为“开心果”。2009 年，袁心玥被选入八一队，开始了排球运动员的生涯。随后，连跳三级从国少队升至国家队，被国际排联评为世界十大新星。2016 年，袁心玥和队友一起夺得里约奥运会冠军。2017 年，被中央军委政治工作部授予个人“一等功”荣誉。

袁心玥的真实身高一直都是我的一个大疑问。官方的数据是 1.99 米，在高人如林的女排姑娘里，也算是十分高大了。一次偶然的机会，我的疑问解开了。那是一次队里的体检，给姑娘们量身高的时候，量身高的仪器最高就到 1.99 米，袁心玥站上去，明显超出了测量的极限。曾经是一名篮球运动员的我，对自己的身高还是很自信的，但每当我站在心玥的身边时，身高上的压迫感便会油然而生。

有一次，我和小惠聊到了袁心玥，她问我："亚茹阿姨，你知道袁心玥

▲ 2015 年 9 月 1 日，女排世界杯第二阶段的比赛在日本冈山举行，中国女排以 3 比 0 战胜阿根廷队。图为袁心玥拦网。

▶ 里约当地时间 2016 年 8 月 20 日，第 31 届夏季奥运会女子排球决赛，中国队 3 比 1 力克塞尔维亚队，夺得奥运会金牌。图为袁心玥拦网。

▲ 里约当地时间 2016 年 8 月 14 日，里约奥运会女排小组赛 B 组的一场比赛中，中国队与美国队展开激战。图为袁心玥（中）快攻。

多高吗？”“肯定比蕊蕊高。”我说。“您知道最可怕的是什么吗？”小惠把我的好奇心勾出来了，我急忙问：“还有可怕的事？”“当然了，亚茹阿姨您看，心玥是 1996 年出生的，她才 21 岁啊，她还会长高的！”

当时才 21 岁的心玥，现如今已经向国际排球巨星发起冲锋了，像若琪说的一样，可怕的是她也许还会长，而更可怕的是，她的球技远没到巅峰，一定会一天比一天好。心玥，用你那“199”的肩膀，扛起女排的未来！

▲ 2018 年 9 月 29 日，世界女排锦标赛中，中国队首战对阵古巴队，轻松取胜。图为袁心玥扣球。

▼ 2018 年 6 月 5 日，世界女排联赛江门站开始首轮比赛，中国队迎战巴西队，以 2 比 3 惜败。图为朱婷（左）、袁心玥在比赛中。

▲ 2018 年 10 月 8 日，世界女排锦标赛第二阶段复赛 F 组的比赛中，中国女排战胜阿塞拜疆女排。图为袁心玥（左）进攻。

▲ 2018 年 10 月 19 日，世界女排锦标赛半决赛中国队以 2 比 3 惜败意大利队。图为中国队袁心玥。

▶ 2018 年 10 月 7 日，女排世锦赛复赛 F 组的比赛中，中国女排以 3 比 0 战胜泰国女排。图为中国队袁心玥进攻。

▲ 2018 年 9 月 1 日，第 18 届亚运会中国女排摘得金牌。图为李莹盈（左）、朱婷（右），以及在颁奖仪式上行军礼的袁心玥（中）。

CHN
adidas
15

林莉，
是“风林火山”还是呆萌可爱

林莉，1992 年 7 月 5 日出生于福建福州，现效力于中国国家女子排球队，2015 年入选郎平执教的国家队，自由人。

林莉，其疾如风，其徐如林，侵掠如火，不动如山，身高仅有 1.71 米，却被网友称作“最强自由人”、球队的“定海神针”。在排球队伍中自由人是最不好做的位置，要求技能更全面、脚步更灵活。林莉为人稳重，在团队中总是默默无闻做好本职工作，其自身的实力也不容小觑。2015 年，林莉随国家队获得女排世界杯冠军。2016 年，随队获得里约奥运会女排冠军。2018 年，雅加达亚运会女排决赛，林莉首发出场，中国女排完胜泰国队，时隔 8 年再夺冠。同年，她出征 2018 年世界女排锦标赛，随队获得 2018 年世界女排锦标赛季军。

前些阵子网上有一个词，叫“呆萌”，我觉得用这个词来形容林莉再合适不过了。赛场上，大家很难看到林莉露出什么表情，无论是夺冠还是失利，强大的心理素质都给这个呆萌的小姑娘赋予了武林高手对决时面不改色的英雄气概。有一次拍摄姑娘们训练时候的照片，休息的时候，我跟林莉说：“林莉，稍微笑一笑，拍出来才更好看啊！”林莉挠了挠头，尴尬地挤出一个笑容。这时其他几个姑娘们围过来说：“亚茹阿姨，您要是能拍到林莉笑的照片，我们几个出高价买，那才是世界级的艺术品啊！”

还有一次，里约奥运会后，朋友托我让魏秋月帮找一些纪念品，后来去

▲ 2015 年 8 月 26 日，女排世界杯赛 B 组的第 4 轮较量中，中国队以 3 比 1 战胜韩国队。图为中国队自由人林莉接一传。

▲ 2015 年 8 月 31 日，女排世界杯赛第二阶段比赛，中国队以 3 比 0 轻松战胜肯尼亚队。图为中国队林莉救球。

取的时候，正好看到林莉。我说：“林莉，能不能帮我把魏秋月叫下来，我找她有事。”林莉说：“好的，您稍等一下。”不大一会儿，魏秋月就哈哈大笑着从楼上走了下来，我就问魏秋月：“什么事啊，你笑成这样？”“亚茹阿姨您不知道，林莉上楼特严肃地跟我说楼下有个阿姨找我，我问她是谁，她说不认识，我还纳闷是谁呢，原来是亚茹阿姨啊！哈哈哈……”魏秋月一

▲ 里约当地时间 2016 年 8 月 10 日，奥运会女排第三场中国队对战波多黎各队。图为自由人林莉垫球。

▲ 里约当地时间 2016 年 8 月 14 日，里约奥运会排球女排小组赛 B 组的一场比赛中，中国队与美国队展开激战，1 比 3 落败。图为林莉起球。

边擦着笑出来的眼泪，一边跟我说。林莉怎么会不认识我，我心里有些纳闷。后来，大家一起聊天聊到这件事时，林莉“呆萌”地说：“亚茹阿姨，当时我真的没认出来是您。”

但球场上的林莉是山崩于前而面不改色，稳定的发挥就是林莉在球场上的每一次微笑，强劲的实力代替了她的每一次怒吼。

◀ 2016年8月19日，里约奥运女子排球半决赛，中国女排3比1力克荷兰女排。图为林莉在比赛中。

▲ 2017年7月8日，世界女排大奖赛昆山站次轮争夺，中国队坐镇昆山体育馆迎战俄罗斯队，以3比2险胜对手。图为钱靖雯（左）与自由人林莉（右）。

◀ 2018 年 5 月 15 日，世界女排联赛宁波站，中国队首轮迎战多米尼加队，以 3 比 0 战胜对手。图为自由人林莉救球。

◀ 2018 年 10 月 20 日，世界女排锦标赛争夺季军的比赛在日本横滨体育馆举行。中国队以 3 比 0 战胜荷兰队，获得季军。图为林莉（左）、王梦洁赛后合影。

▲ 2015 年，中国女排获得世界杯冠军后的合影。图为队员和没能参加此次大赛的惠若琪（12 号）、徐云丽（11 号）、杨方旭（3 号）的球衣合照。

CHN
中华V3
华晨汽车
3

太平洋保险
CPIC
16
CHN
16

丁霞，
顽强的“小蚂蚁”

丁霞，1990 年 1 月 13 日出生于河北石家庄，现效力于中国国家女子排球队，2014 年入选郎平执教的国家队，二传。

丁霞，人称顽强的“小蚂蚁”。她从 10 岁开始练习排球，2007 年进入辽宁女排省队，后进入国家队。她虽然有着 1.80 米的身高，但看起来还是很瘦小。她胆大、灵活，除了分配球上的多变，还有一手发球和二次球暴扣的绝活，不过最让人由衷佩服的还是赛场上她的顽强精神。丁霞是 2014 年女排亚洲杯冠军、仁川亚运会女排亚军、2015 年女排世界杯冠军成员。2016 年，随队获得里约奥运会冠军。2017 年，随队获得 2017 年女排大冠军杯赛冠军。

▲ 里约当地时间 2016 年 8 月 13 日，中国女排队员从里约奥运会运动员村出发，前往训练场训练，队员们一脸轻松，充满信心。图为丁霞（左）与惠若琪。

“打磨一个二传手，从来都不是一件容易的事。”郎平看着积极跑动的丁霞跟我说。

2012—2013 赛季女排联赛的常规赛，丁霞第一次进入观众的视野。也正是凭借这一年的优秀表现，丁霞在 2014 年第一次进入中国女排的国家队大名单。2014 年瑞士女排精英赛，她作为主力代表国家队出战，但比赛中她发挥

▲ 里约当地时间 2016 年 8 月 8 日，奥运会女排小组赛第二场中国队对战意大利队，以 3 比 0 取胜。图为丁霞传球。

▶ 里约当地时间2016年8月8日，奥运会女排小组赛第二场中国队对战意大利队，以3比0取胜。图为丁霞拦网。

◀ 里约当地时间2016年8月14日，里约奥运会女排小组赛B组的一场比赛中，中国队与美国队展开激战。图为袁心玥（左）、丁霞双人拦网。

得并不理想，比赛结束后便被调整出国家队，与当年的世锦赛擦肩而过。

当丁霞还沉浸在离开国家队的失落时，又接到了“要代表中国队参加亚洲杯和亚运会”的通知。这次作为主力二传，丁霞不负众望，在亚洲杯完美摘金后，在亚运会上也和女排姑娘们一起顺利进入决赛。可亚运会的成绩不尽如人意，中国队被韩国队以 3 比 0 击败。颁奖典礼上，我从相机里看到一脸迷茫的丁霞，不知所措。

丁霞是女排近年来起起落落的见证人。

▲ 2017 年 7 月 8 日，世界女排大奖赛昆山站，中国队迎战俄罗斯队，以 3 比 2 险胜对手。图为二传手丁霞（左）组织进攻。

在经历了失利后，丁霞终于在 2015 年世界杯上大放异彩，证明了自己。作为替补，丁霞扮演着中国女排的“X 因素”，每次被派到场上都能发挥意想不到的效果。时隔一年，这次我镜头里的丁霞，脸上挂满了激动的泪水。

纵观女排历史，丁霞不是技术最好的，也不是身体条件最好的，但丁霞永远是女排不可缺少的——只要肯努力，只要不放弃。

▲ 2018 年 7 月 1 日，世界女排联赛总决赛争夺第三名的一场比赛中，中国队以 3 比 0 战胜巴西队。图为丁霞庆祝得分。

▲ 2018 年 10 月 2 日，女排世锦赛 B 组第三轮的比赛，中国女排迎战加拿大女排，以 3 比 0 轻取加拿大女排。图为中国队丁霞（右）拦网。

▲ 2018 年 10 月 19 日，世界女排锦标赛半决赛，中国队以 2 比 3 惜败意大利队。图为中国队丁霞（左）救球。

刘晓彤，
赛场奇兵

刘晓彤，1990 年 2 月 16 日出生于吉林延边，现效力于中国国家女子排球队，2013 年首次入选郎平执教的国家队，主攻。

在中国女排的队伍中，刘晓彤不是最优秀的，但凭借着一股坚韧劲儿，成为中国女排的主攻手。12 岁时，刘晓彤被 101 中学特招来到北京，不久又被北京女排“挖”走，成为一名专业排球运动员。2013 年和 2014 年两次入选郎平执教的国家队，随队友一起征战，曾获得 2014 年女排世锦赛亚军、2015 年女排世界杯冠军、2016 年里约奥运会女排冠军、2017 年女排大冠军杯冠军。

◀ 2014 年 10 月 6 日，世界女排锦标赛第二阶段的一场排名赛，中国队以 1 比 3 负于东道主意大利队。图为刘晓彤、曾春蕾。

这些年在赛场边拍摄时，经常会听到有人在背后喊“亚茹阿姨”，当扭过头时我会发现刘晓彤远远地在和我打招呼。她性子是我比较喜欢的，为人真诚，做事踏实，无论是队友还是对手，她都能以一种学习的态度去对待，再加上一股韧劲儿，让她收获众多冠军的头衔。更令人高兴的是 2018 年夏天，她收到了清华大学硕士研究生的录取通知书。

▲ 2017 年 7 月 8 日，世界女排大奖赛昆山站中国队迎战俄罗斯队。图为刘晓彤接球。

▲ 2018 年 5 月 15 日，世界女排联赛宁波站中国队首轮迎战多米尼加队，以 3 比 0 战胜对手。图为刘晓彤扣球。

▶ 2018 年 6 月 29 日，世界女排联赛总决赛中国队迎战巴西队。图为刘晓彤扣球。

胜者为王，拥有更多的个人荣誉是很多人的追求，但我觉得这并不是刘晓彤所在乎的，她可能更希望自己是一个“福将”。

在里约奥运会女子排球四分之一决赛上，中国女排因小组赛成绩不好，提前遇到占据着“天时、地利、人和”的老对手巴西女排，中国女排最终以 3 比 2 艰难取胜，刘晓彤担当了“替补奇兵”的角色。刘晓彤替补惠若琪上场，撑起了朱婷的对角，为其分担了不少进攻得分的压力。利用大力跳发和不同节奏的强攻扣球，她打了巴西女排一个措手不及，实现赛事逆转。中国女排能够在在里约奥运会夺冠，刘晓彤功不可没。

同样，在 2017 年世界女排大奖赛南京总决赛时，中国女排小组赛第二场对决荷兰女排，第五局决胜局双方分数为 11 比 14，中国队落后。刘晓彤连发四个球，中国队比分实现逆袭，最终朱婷“一锤定音”，结束了五局的鏖战。高兴之余，令我最感动的是赛后的采访，“输也要输在我手上”。

刘晓彤知道自己的位置，能够认认真真地打好每一个球。晓彤，看着你坚定的目光，希望你为中国女排继续奋战。

里约当地时间2016年8月20日，第31届夏季奥运会女子排球项目中，中国队以3比1力克塞尔维亚队，取得冠军。
图为中国女排在颁奖仪式上。
左起依次为：袁心玥、朱婷、杨方旭、龚翔宇、魏秋月、张常宁、刘晓彤、徐云丽、惠若琪、林莉、丁霞、颜妮。

CHINA

后记

后记

女排记录着我们这些年的模样

谨以此文，向我的妻子亚茹致敬。感谢她跟我一样，把所有的爱除了给了彼此，都赠予了女排。更借此机会，向所有的中国排球人致敬。

2012 年伦敦奥运会之后，虽然我离开了排球和女排的一线工作，但是我依然能从妻子的忙碌中看到女排的身影。就像风给了云朵形状，女排也记录着我们这些年所有的模样。斜日晴川，比赛现场的声音依稀回荡，此刻回头望去，恐怕也只有女排高于这人间烟火，高于这万里关山了吧!

1.

说到中国女排，人们首先想到的就是“女排精神”。中国体育界最不缺的就是冠军，多种项目的世界冠军数不胜数，但冠军背后能够总结成精神的项目却不多。过去，中国体育界有两面红旗：一个是中国登山队，另一个是中国乒乓球队。这两支队伍是我国体育界在“文化大革命”前塑造的，也是中国体育界最优秀的团队，他们创造了“中国登山精神”

和“乒乓精神”。改革开放以来，“女排精神”叫得更响，更深入人心。

2016 年，里约奥运会上中国女排夺冠，主教练郎平在微博里说：“今天，姑娘们通过自己的努力和拼搏让我们再次荣耀地站在了最高的领奖台上。每天的付出和汗水，都是人生赋予我们的金牌，感谢奋斗拼搏的日子，感谢代代相传的女排精神！”

女排精神，跟随着改革开放的脚步，在新时代下应运而生。1981 年，中国女排击败日本女排，首次夺取女排世界杯冠军，整个国家、整个民族都为之振奋。中国女排取得世界冠军非常不容易，是一种力量，一种信念，一种“艰苦奋斗、顽强拼搏，团结协作、为国争光”的女排精神支撑着姑娘们，使她们能够站到世界大赛的最高领奖台上。从排球运动本身来讲，东方人能够拿到排球项目的世界冠军并非易事。排球是集体项目，又是“高人”项目，有它自身的规律和要求，必然不是一般的训练就能取得成就的，而是需要一种精神和动力的鼓舞和追求。

我还记得比赛结束的第二天，时任全国妇联主席的邓颖超在《体育报》上发表了题为《各行各业都来学习女排精神》的文章：“各行各业的人民群众都要学习中国女排精神，树立远大的志向，发扬脚踏实地、苦干实干的作风，把自己的工作做好，更快地将我们的社会主义事业推向前进！”

这种我们熟知的“女排精神”是以袁伟民指导为教练核心的团队和老一代的女排姑娘们，在“五连冠”（1981—1986 年）时凝聚缔造的。当时，袁伟民受到陈景润对“哥德巴赫猜想”研究的启发，认为陈景润在中国科学技术落后的情况下，依然攻克了这个数学谜题，靠的就是“迷”。于是，他就将这股“迷”劲儿带入中国女排，要求队员们对排球也要极度专注和热爱。在训练时，他要求队员们拼尽全力，克服苦累和伤病等困难。在比赛中，他要求队员们极度专注，无论对手是强还是弱都不能松懈。为了让队员记住一个教训，袁伟民会在赛后把所有球员留下加练，一直练到很晚才离开。精神不是从天上掉下来的，不是从嘴里喊出来的，而是在日复一日的训练比赛中奋斗出来的，历练出来的，凝聚出来的。他一再强调“拼搏”、“严格”和“协作”，说出来感觉很虚，但这正是女排精神的体现。凭着在日常训练中锻炼出来的坚强的意志和扎实的技术，中国女排连续拿下了五个世界冠军，创造了辉煌。

当然，中国女排能够夺得世界冠军，还需要另外一个法宝。排球界有两个传家宝：一是中国女排精神，也是中国女排的灵魂；二是中国女排全面、快速、多变的技战术风格特点，这是中国女排在国际大赛中面对欧美劲旅克敌制胜的强有力武器，是女排保持顶尖实力水平的基础。从哲学上讲，中国女排风格特点的核心就是平衡。技术全面是基础，在此基础上形成超常的速度和变化，这一战术风格和特点既符合东方人的身体条件，又符合排球项目的自身规律。凭借着这两个传家宝，女排便可攻坚克难，勇往直前。

2.

改革开放四十多年来，中国女排精神代代相传。

中国女排几十年来都是以“夺取奖牌，争取金牌”为目标的。从 1988 年“汉城兵败”后，中国女排成绩起起伏伏，在人们的期望值很高的情况下，成绩却并未让人满意。1995 年初，郎平回归，这也是郎平第一次回来执教。

然而，当时中国女排的整体情况并不乐观，又恰逢世界女子排坛被古巴女排“统治”，郎平在几乎不可能的情况下，带领女排姑娘们连续取得了 1996 年亚特兰大奥运会和 1998 年世界锦标赛两个第二名的佳绩。后来，郎平因身体的原因，暂时离开了中国女排。

对中国女排来讲，动荡起伏的十几年中，教练换了好几任，但都没有夺得世界冠军。直到 2001 年 2 月，陈忠和接队。当时，中国女排在世界所有女排强队中是平均身高最矮的一支球队，这对一项需要“高度”的项目来说，几乎是不可能取得世界冠军的。然而，就是这么一帮“小个子”，被陈忠和带到了一个新的高度。经过几年的艰苦训练，这支队伍取得了世界杯冠军、奥运会冠军以及大冠军杯的第一名。

以陈忠和为主教练的时期，是女排精神传承和发扬的一个重要时期。曾经在袁伟民执掌中国女排教鞭时期担任过陪打教练的陈忠和，为了将中国女排的训练质量提上来，实施了一系列的“魔鬼训练”。他解释说：“因为我们的身体素质不如欧美球员，基本技术再不如人，那怎么去打别人。要赢就必须在别人休息的时候，用更加刻苦的训练来弥补。”吃别人吃不下的苦，这就是陈忠和在 2001 年成为女排国家队主教练后对“中国女排精神”

的传承。

如果没有中国女排精神的支撑，那么几乎没有人能承受陈忠和的“魔鬼训练”。湖南郴州基地的苏仙岭，就是传说中的魔鬼训练场。苏仙岭的海拔并不高，但上、下石阶加起来是 3 600 级。陈忠和要求所有的队员必须在 22 分钟之内跑上去，只要有一个人超过 1 秒钟，二话不说，全队一起下去，重新来。登山既可训练队员们的腰腿力量、膝踝关节，又可以磨炼队员们的体能、意志和团队精神。这一“魔鬼训练”使姑娘们的身体和精神几近崩溃，但是每一个姑娘都告诉自己：不能掉队，不能拖累大家，不能拖累全队，一定要坚持，哪怕有人坚持不住，也得两个人拖着她往上走，一定要把她拖上去，坚持、再坚持。至今队员们想起来都有些胆寒。每当我回想起年轻的队员们手拉手、强帮弱，汗水混着泪水，滴在一级级的石阶上，艰难地向苏仙岭冲刺的画面，仍然激动不已。

还记得为了备战奥运会，陈忠和带领队员们去福建漳州基地训练。在一堂训练课上，队员们练对攻，但是始终无法达到教练的技术指标，打了一局又一局，从早上一直打到下午 3 点半，一共打了 11 局，紧接着还照常进行下一环节的训练……

陈忠和够狠，够硬；队员够苦，够棒。

陈忠和时期，中国女排精神得到了进一步传承和弘扬，同时也有了新的发展。中国女排在改革开放四十年间取得过三次奥运会冠军，第一次是在 1984 年洛杉矶奥运会上。第二次则是 20 年后的 2004 年雅典奥运会。出征雅典奥运会，是我亲身经历、参与过的一段难忘的历程。到现在为止，雅典奥运会最后一场比赛的每一个回合我都还记忆犹新。中国女排能够在决赛中逆转俄罗斯女排取得冠军，无疑是中国女排精神的又一次展示、发扬和传承。因为那个时候的女排队员整体条件都不算太好，只有坚定地走中国女排的发展道路、发扬女排的顽强拼搏精神，才能有所作为。

3.

伴随着改革开放四十年的光辉历程，中国女排精神在三个发展时期有三个经典的团队代表，分别取得过三个奥运会的冠军。四十年来，中国女排精神始终在不断地传承，应该说是一脉相承，与时俱进，同时又得到了新的发扬和发展。

步入社会主义建设新时代，以郎平为主教练的女排团队，时隔 12 年后又带领女排取得里约奥运会冠军，再次将女排精神展示给国人，展示给世界。郎平也说过："虽然现在训练看似没有以前那么'狠'，但我们也是很努力的。我们的训练态度和韧劲都很不错，哪怕能力不能跟欧美强队比，但是全队能始终保持积极向上的精神，我觉得就很好。"

是的，郎平为新时期的中国女排带来了更加科学的训练方式和先进的理念，但是能把中国女排从低谷带上奥运会最高领奖台，不仅仅是靠这些。郎平本人就是"女排精神"的最好代言人，浑身伤痛的郎平，做什么事情都拼尽全力。朱婷就曾说过，进入国家队以来，学到的最重要的一件事，就是"吃苦耐劳的女排精神"。有时候训练很辛苦，她就会想到，打排球不仅仅是为了自己，还是集体荣誉的一部分，就得老老实实坚持下去。

在里约奥运会夺冠之后的采访中，郎平谈及她所理解的"中国女排精神"。"每一次训练，我都是这样要求，要求她们努力，要求她们拼尽全力，要求她们团结，正因为平时训练是这样要求的，所以在场上比赛的时候，她们就可以做到。而不是说，平时训练很松懈，然后去到赛场上就一个劲儿喊口号，这是不行的。"比赛时积极向上，遇到困难时团结一致，这不就是"中国女排精神"吗？

在里约奥运会开始之前，中国女排并不被人们看好。在小组赛上也仅仅获得了两胜三负的成绩，最终却夺得了冠军。除了让人感动以外，也让人倍感意外。正如郎平指导所言："并非赢了就有女排精神，输了就没有女排精神，只要拼尽全力就算输了也同样令人尊重。"

如果你了解中国女排这四十年的历史，你就会明白，"中国女排精神"不是口号，不是精神胜利法，而是行动、力量和能力。

4.

在新的历史时期如何继承和发扬中国女排精神？这并不是一件容易做到的事情。中国女排精神该怎么发展，怎么打造，怎么传承，需要一代又一代人不懈地去探索努力，而决不能故步自封，甚至抛诸脑后。中国女排精神是中国女排取得佳绩的重要精神动力保障，同时也给中国社会带来了一种正能量，学习传承女排精神意义重大。

首先，我理解的女排精神就是为国争光。中国女排作为一个运动项目的国家队，它的存在到底是为了什么？就是为了数十年如一日，背负着祖国和人民的期望，把为国争光视为己任。

只要入选中国女排，每一名运动员的使命就是为国家争光。中国女排队员要有远大的理想，要有这种责任，这是女排精神最重要的一个点。没有远大的理想，没有为国争光的责任、志气，就没有中国女排精神。

其次，女排精神就是永不放弃。因为在为国争光的道路上，在一个球队前进发展的道路上，永远伴随着困难、挫折、失败、伤病、痛苦，而鲜花、掌声、荣誉都是一瞬间。在伤病、失败、挫折这些过程当中成长，是中国女排精神发展到今天很重要的一个部分，女排精神就是打不垮、拖不烂、不放弃。

中国女排精神，不仅仅体现在站上最高领奖台的那一刻，更重要的是看似她们被打趴下了，伤痕累累，她们还能不能站起来，还能不能继续往上冲。实践告诉我们，四十年来，中国女排的队员们始终都会站起来。站起来并不是一个常态，有的时候站起来又倒下了，倒下了还能再站起来，这才是女排精神之灵魂。我可以失败，但我不能放弃，我可以达不到目标，但是我不能没有追求。

最后，中国女排精神就是团队协作。对于中国女排这个集体来讲，团结、奉献不是说说那么简单。生活当中的团结、训练当中的团结、参赛当中的团结、荣誉面前的团结、困难面前的团结……团结在时时刻刻。在球队遇到困难的时候，需要有人敢于站出来勇挑重担，敢于冲锋陷阵挑大梁、挡子弹。在痛苦中去求得团结，追求和谐，手挽手，一条心，一股劲，用团队的力量去战胜一切。

中国女排与改革开放一路同行，但获得过奥运会冠军的运动员不过三十六人，获得过世界冠军的也只有五六十人。三个高峰期，中国女排在奥运会、世界杯、世锦赛和大冠军杯赛上一共拿了十一个世界冠军。五连冠期间得了五个，陈忠和拿了三个，郎平也拿了三个。就像《感动中国》曾说的那样：“虽然它不是颁给个人，但是“十一”总会让我们想起一加一大于二，还有它代表着一个团队。绝地反击，上演惊天逆转。比的是实力，拼的是意志，搏的是勇气，奋勇拼搏，决不放弃。这是女排精神，是激励中国前行的力量！”

但是，我们不仅要记住那些奋斗，并取得成功的人，也同样要感谢更多为女排取得成绩不断做出贡献的人；感谢国家，感谢时代。我也相信，一代又一代中国女排的教练员、运动员夺取冠军、为国争光的前进脚步永不停歇。

当我在职的时候，我说话都喜欢用“终于”。就像，终于夺冠了，终于不用训练了，终于过年了，终于……仿佛任何的告别都像是一种解脱。现在我才发现，当时那些自以为是的如释重负，才是让我想念的东西。就像所有的曲终人散和分道扬镳，到最后可惜的不是离散，而是没有好好地和过去告别。可我不用和我曾经为之奋斗过的女排告别，我也将会把曾经也在我身上熊熊燃烧的“中国女排精神”继续传承下去，和所有女排人一样。

我从未在别人面前说过这样多关于女排，关于热爱女排的话。可是，当亚茹整理出这么多年来女排的点点滴滴时，我终于知道女排对我们夫妻是多么重要。感谢我的妻子亚茹，感谢我的信念——中国女排精神！

原国家体育总局训练局局长、排球运动管理中心主任　徐利

编者记

改革开放以来的四十年，中国女排一代又一代的教练和队员作为中国体育界，特别是世界范围内中国三大球类项目的“旗帜”，一直都是最强的存在。在这里，不想多谈中国女排的历史和“女排精神”，只是想写一点编者的感慨。

掐指算来，从开始策划本书到出版已三年有余。2016 年里约奥运会，中国女排时隔十二年再度问鼎奥运会金牌，国内又掀起了一股女排热。原本预备策划出版的是和中国女排相关的其他图书，因此和本书作者刘亚茹老师开始有了多次交流。随着每一次探讨的深入，我逐渐感觉到无论是中国女排的跌宕起伏经历，还是亚茹老师过去二十多年来所拍摄记录的精彩瞬间，以及中国女排那些不为人知的故事，都应该以更多、更好的形式呈现给喜爱女排的广大读者。

对本书的作者刘亚茹老师，我不准备再多写感谢的文字，而是想要提及一位看似与体育运动和出版“不相干”的良师益友——著名学者萨苏，恰巧他是中国女排的忠实粉丝，也是中国女排第一次问鼎世界冠军的见证者。他对那些看似不起眼的小故事和细节的关注，令我由衷赞叹，也深受启发。这或许就是图书出版这个行业最微妙和奇特的地方，不同的领域、不同的内容、不同的作者，但却在偶然和必然之间有着相通的地方。

当然，在策划编辑出版本书的过程中，由于时间紧张和篇幅有限，从书名到内容几经取舍，很多关心中国女排并为此默默奉献的人未能完全收录，与女排相关的许多事情也无法完整记录，在此我们向作者和读者致意的同时，也深表歉意。